U0949530

国学一本通

徐　潜◎主编

随园诗话

清·袁　枚◎著　吕树坤◎译评

吉林文史出版社

图书在版编目（CIP）数据

随园诗话/(清)袁枚著；吕树坤译评.—长春：吉林文史出版社，2009.4(2022.1重印)
(国学一本通/徐潜主编)
ISBN 978-7-80702-937-3
Ⅰ.随… Ⅱ.①袁…②吕… Ⅲ.①诗话-中国-古代②随园诗话-注释
③随园诗话-译文 Ⅳ.I207.22

中国版本图书馆CIP数据核字（2009）第038149号

 国学一本通 

随园诗话

出版人/徐 潜

出版发行/吉林文史出版社(长春市人民大街4646号) www.jlws.com.cn
主编/徐 潜
著/袁 枚
译评/吕树坤
项目负责/王尔立
责任编辑/王尔立 崔博华
责任校对/李洁华
装帧设计/李岩冰 刘纯青 董晓丽
印刷/北京一鑫印务有限责任公司
版次/2009年4月第1版 2022年1月第5次印刷
开本/720mm×1000mm 1/16
字数/280千字
印张/14
书号/ISBN 978-7-80702-937-3
定价/55.00元

前言

袁枚（1716—1798），字子才，号简斋，晚年自号仓山居士、仓山叟或随园老人，世称随园先生。钱塘（今浙江杭州）人。所著有《小仓山房诗文集》、《随园诗话》等。

袁枚于诗、文、小说等创作均有成就，诗与蒋士铨、赵翼齐名，并称“江右三大家”，但影响最大的是他倡导“性灵说”的诗论。他的诗论，除《随园诗话》、《续诗品》专著外，还散见于某些书信等杂著中。洋洋数十万言的《随园诗话》，卷帙浩繁，内涵丰富，且理论与创作紧密结合，集知识性与趣味性于一体，活泼生动，通俗易懂，无论对当时还是对后世都产生很大影响，是袁枚倡导“性灵说”诗论的主要著作。

《随园诗话》是一部有为之作，有其很强的针对性。

《随园诗话》所论及的，从诗人的先天资质，到后天的品德修养、读书学习及社会实践；从写景、言情，到咏物、咏史；从立意构思，到谋篇炼句；从辞采、韵律，到比兴、寄托、自然、空灵、曲折等各种表现手法和艺术风格，以及诗的修改、诗的鉴赏、诗的编选，乃至诗话的撰写，凡是与诗相关的方方面面，可谓无所不包了。

作为这方方面面的前提和基础，贯穿于《随园诗话》全书始终的一条红线，就是“性灵”二字。“性灵”即“性情”，在袁枚的诗论中这两个词是可以互用的。袁枚不仅继承和发展了南宋杨万里和明代袁宏道等有关“性灵”的主张，而且还将传统诗教“诗言志”予以新的诠释。袁枚的诗论不仅全面，而且圆通，绝无偏颇、武断等弊端。这是他能击败他的论敌的主要原因。

中华人民共和国成立后，学术界以历史的唯物的观点对袁枚的诗论重新认识与研究，得以还其历史的本来面目。郭沫若先生、钱钟书先生对袁枚的《随园诗话》都有很高的评价，肯定这部著作对今人的诗文创作仍有其可供借鉴的价值。

随园诗话

目录

处境与志向

原文

古英雄未遇时，都无大志，非止邓禹希文学，马武望督邮也。晋文公有妻有马，不肯去齐。光武贫时，与李通讼逋租于严尤，尤奇而目之。光武归谓李通曰："严公宁目君耶？"窥其意，以得严君一盼为荣。韩蕲王为小卒时，相士言其日后封王。韩大怒，以为侮己，奋拳殴之。都是一般见解。鄂西林相公《辛丑元日》云："揽镜人将老，开门草未生。"《咏怀》云："看来四十犹如此，便到百年亦可知。"皆作郎中时诗也。玩其词，若不料此后之出将入相者。及其为七省经略，《在金中丞席上》云："问心都是酬恩客，屈指谁为济世才？"《登甲秀楼》诗云："炊烟卓午散轻丝，十万人家饭熟时。问讯何年招济火？斜阳满树武乡祠。"居然以武侯自命；皆与未得志时气象迥异。张桐城相公则自翰林至作首相，诗皆一格。最清妙者："柳阴春水曲，花外暮山多。""叶底花开人不见，一双蝴蝶已先知。""临水种花知有意，一枝化作两枝看。"《扈跸》诗写道："谁怜七十龙钟叟，骑马踏冰星满天。"《和皇上风筝》云："九霄日近增华色，四野风多仗宝绳。"押"绳"字韵，寄托遥深。

译文

古代的英雄还没有发迹的时候，都没有远大的志向，这不仅是邓禹仅寄希望于文学，马武仅寄希望于督邮。晋文公重耳因为有妻子和骏马，便不愿意离开齐国。光武帝刘秀贫贱的时候，因拖欠租税到严尤的官府与李通打官司。严尤惊奇地看了看刘秀。刘秀回来后对李通说：“严大人看你了没有？”揣摩刘秀这句话的意思，是以能得到严尤看一眼为荣幸。韩世忠身为小卒子的时候，相面先生说他日后将被封为王。韩世忠勃然大怒，认为相面先生是在侮辱他，用拳头奋力殴打相面先生。上面说到的这几个人当年的想法都很平常。鄂尔泰大人《辛丑元日》诗写道：“揽镜人将老，开门草未生。”《咏怀》诗写道：“看来四十犹如此，便到百年已可知。”都是做郎中的时候作的诗。仔细品味这句诗，像是没有想到以后能身为将相。等到他出任七省经略的时候，所作的《在金中丞席上》诗写道：“问心都是酬恩客，屈指谁为济世才？”《登甲秀楼》一首七言绝句写道：“炊烟卓午散轻丝，十万人家饭熟时。问讯何年招济火？斜阳满树武乡祠。”显然是在以诸葛亮自比了：这都与他未发迹时的语气景象大不相同。张英大人从做翰林到出任宰相，所作的诗始终是一种风格。最清新绝妙的诗句如：“柳阴春水曲，花外暮山多。”“叶底花开人不见，一双蝴蝶已先知。”“临水种花知有意，一枝化作两枝看。”《扈跸》诗写道：“谁怜七十龙钟叟，骑马踏冰星满天。”《和皇上风筝》写道：“九霄日近增华色，田野风多仗宝绳。”押“绳”字韵，寄托很深远。

评点

自从舜帝教诲夔时提出“诗言志”(《尚书·尧典》)，后世儒家便将“诗言志”作为诗教的纲领。袁枚认为人的志向是随着他的处境的改变而变化的。他以古代的一些大人物为例，当他们处于微贱的时候，大都胸无大志。如晋文公重耳当年流亡时，到了齐国，齐桓公把一个女子配给他做妻子，还送给他二十辆马车，他便不想离开齐国继续往前走了。东汉的建立者刘秀贫寒时，因诉讼时长官严尤多看他几眼，便受宠若惊，引以为荣了。南宋抗金名将韩世忠身为士卒时，相面先生说他有王侯的面相，他认为是嘲笑他侮辱他，于是大怒，相面者吃他一顿老拳。如作诗，这不同处境中的不同志向，必然反映在诗中。清雍正时宰相鄂尔泰的诗文便是个明证。做郎中时的诗中自认为一生也就如此罢了，待到做宰相时诗中则将自己与诸葛亮比况了。袁枚论诗主性灵，重天分，但他又认为人的性情不是一成不变的，而是随着他的环境、际遇的变化而变化的，这就使得他的性灵说带有一定程度的唯物主义的色彩。

格律不在性情外

原文

杨诚斋曰："从来天分低拙之人，好谈格调，而不解风趣。何也？格调是空架子，有腔口易描；风趣专写性灵，非天才不办。"余深爱其言。须知有性情，便有格律；格律不在性情外。《三百篇》半是劳人思妇率意言情之事；谁为之格？谁为之律？而今之谈格律者，能出其范围否？况皋、禹之歌，不同乎《三百篇》；《国风》之格，不同乎《雅》、《颂》：格岂有一定哉？许浑云："吟诗好似成仙骨，骨里无诗莫浪吟。"诗在骨不在格也。

译文

南宋诗人杨万里说："自古以来天资低劣拙笨的人，喜欢谈论诗的格律声调，而不懂得诗的风采情趣。为什么会这样呢？因为格律声调是一个空架子，有现成的模式容易摹仿；风采情趣是专门抒发诗人的性情，没有天资才气是办不到的。"我很喜欢他讲的这番话。应该懂得有性情，便会有格律；诗的格律不在性情之外。《诗经》中的诗多半是忧伤劳苦的人和相思幽怨的妇女按照自己的心意抒发性情；有谁为他们制订格式？有谁为他们规定条律？如今喜欢谈论格律的人，能超出《诗经》的范围吗？何况古代帝王皋陶、大禹所作的歌，不同于《诗经》中的诗；同是一部《诗经》，其中的《国风》的格式，又不同于《雅》和《颂》：难道格式是一成不变的吗？唐代诗人许浑有这样的诗句："吟诗好似成仙骨，骨里无诗莫浪吟。"好诗发自心灵深处不在格律之中。

评点

袁枚论诗的“性灵说”，是与当时拟古派的沈德潜的“格调说”相对立的。他在《答沈大宗伯(沈德潜)论诗书》中便直接地对沈德潜说：“格律莫备于古，学者宗师，自有渊源。至于性情遭际，人人有我在焉，不可貌古人而袭之，畏古人而拘之也。”这与杨万里所说的“格调是空架子，有腔口易描；风趣专写性灵，非天才不办”的话，其实质是完全一致的。因此，他对杨万里的这段话非常赞赏。他认为，性情是第一位的，格律是第二位的。“有性情，便有格律；格律不在性情之外”。有力地批驳了摹拟古人的格调派的形式主义的谬误，有一定的进步意义。

力戒门户之见

原文

前明门户之习，不止朝廷也，于诗亦然。当其盛时，高、杨、张、涂，各自成家，毫无门户。一传而为七子；再传而为钟、谭，为公安；又再传而为虞山：率皆攻排诋呵，自树一帜，殊可笑也。凡人各有得力处，各有乖谬处，总要平心静气，存其是而去其非。试思七子、钟、谭，若无当日之盛名，则虞山选《列朝诗》时，方将搜索于荒村寂寞之乡，得半句片言以传其人矣。敌必当王，射先中马：皆好名者之累也！

译文

前代明朝门户之见很深，不仅表现在朝廷官场中，在诗歌方面也是这样。当明代诗歌创作繁盛时期，被誉为“吴中四杰”的高启、杨基、张羽、徐贲，各自都是名家，彼此毫无门户之见。到后来出现了前七子、后七子，再后来又有钟惺、谭元春竟陵派以及以袁宏道、袁中道和袁宗道为代表的公安派；再到后来又有以钱谦益为首的虞山诗派，都相互攻击排斥诋毁呵责，各自树起一面旗帜，实在是可笑。大体说来每个人各有自己擅长的方面，各有自己做得不好不对的地方，都应该平心静气来对待，做得对的就保留，做得不对的就去掉。试想前、后七子以及钟惺、谭元春等，如果当时没有很大的名气，钱谦益选编《列朝诗》时，就得搜集求索于荒远偏僻的山乡村野，借一句半句诗将作者的名字传略记录下来流传下去。擒敌先擒王，射人先射马：都是为名所牵累。

评点

在这一则诗话中，袁枚提出诗家不应该有门户之见。每家每派的诗人，都有自己的长处，也有自己的不足，彼此应该取长补短，不应该以自己的长处，攻击别人的短处，这样才能发展、提高。袁枚为说明这一问题，总结了明代诗坛正反两个方面的经验教训：被誉为“吴中四杰”的高启、刘基、张羽、徐贲，都是名诗人，毫无门户之见，使得当时的诗坛呈现出一派繁盛景象。后来的前后七子以及再后来的各家各派，彼此攻击，窒息创作，败坏风气，是很要不得的。袁枚反对门户之见的见解无疑是正确的，否定别人，并不能抬高自己的身价，只有博采众长，才能自成一家。

不可因韵害意

原文

余作诗，雅不喜叠韵、和韵，及用古人韵。以为诗写性情，惟吾所适。一韵中有千百字，凭吾所选，尚有用定后不慊意而别改者；何得以一二韵约束为之？既约束，则不得不凑拍；既凑拍，安得有性情哉？《庄子》曰：“忘足，履之适也。”余亦曰：“忘韵，诗之适也。”

译文

我作诗，不喜欢叠韵、和韵，以及用古人韵这些做法。认为诗是抒发性情的，什么韵适于抒发自己的性情就用什么韵。一个韵部中有千百个字，任凭自己去选用，还有时选用某个韵之后仍不满意又改用其他韵的时候；怎么能因为一两个韵脚而束缚住呢？既然受束缚，便不能不免强拼凑；既然免强拼凑，怎么能很好地表现性情呢？《庄子》书中有这样一句话：“不要考虑脚大脚小，穿在脚上感到舒适的鞋就好。”我也这样说：“不要考虑用什么韵，适合表现诗的性情就好。”

评点

袁枚不喜欢叠韵、和韵这些做法。因为用什么韵应该是诗的内容所决定的。诗是写性情的，音韵是为性情服务的。如果为叠韵而叠韵，为和韵而和韵，无异于文字游戏，也必然束缚性情，实为削足适履。袁枚在《续诗品》第九首中写道：“次韵自系，叠韵无味。斗险贪多，偶然游戏。”当然，偶一为之，亦无不可，但这毕竟不应该成为正体。

蜉蝣何其多

原文

以昌黎之倔强，宜鄙俳体矣；而《滕王阁序》曰："得附三王之末，有荣耀焉。"以杜少陵之博大，宜薄初唐矣；而诗曰："王杨卢骆当时体，不废江河万古流。"以黄山谷之奥峭，宜薄西昆矣；而诗云："元之如砥柱，大年若霜鹄。王杨立本朝，与世作郛郭。"今人未窥韩、柳门户，而先扫六朝；未得李、杜皮毛，而已轻温、李。何蜉蝣之多也！

译文

按照韩愈倔强的性格来说，应该鄙视骈体文了；然而在《滕王阁序》中写道："能够附在先后为滕王阁撰文的王勃、王绪、王仲舒三人之后，这是很荣耀的了。"按照杜甫渊博的学识和才力，应该鄙薄"初唐四杰"那些诗人了；然而在诗中写道："王杨卢骆当时体，轻薄为文哂未休。尔曹身与名俱灭，不废江河万古流。"（应为四句——译者）按照黄庭坚奥峭的诗风，应该轻视"西昆体"了；然而在诗中写道："元之如砥柱，大年若霜鹄。王杨立本朝，与世作郛郭。"如今的某些文人，还没有望见韩愈、柳宗元的门径，便先否定六朝之文；还没有得到李白、杜甫诗的皮毛，便先轻视温庭筠、李商隐的诗作。"蚍蜉撼大树"的现象何其多呀！

评点

作为一个有成就的诗人，总是虚心地向古人学习，哪怕是成就极高的诗人，也不轻易去否定前人。袁枚以韩愈、杜甫、黄庭坚为例，来阐明这个道理。然而如今某些人，学诗尚未入门，便狂妄已极，动不动便否定古代的某些诗人。实属"蚍蜉撼大树，可笑不自量"。袁枚在《再与沈大宗伯书》中写道："诗之道大而远，如地之有八音，天之有万窍，择其善鸣者而赏其鸣足矣，不必尊宫商而贱角羽，进金石而弃弦匏也。"一个有出息的诗人，不仅能虚心向古人学习，而且还善于向古人学习，这是十分重要的。

诗非类书

原文

古无类书，无志书，又无字汇，故《三都》《两京》赋，言木则若干，言鸟则若干，必待搜辑群书，广采风土，然后成文。果能才藻富艳，便倾动一时。洛阳所以纸贵者，直是家置一本，当类书、郡志读耳。故成之亦须十年、五年。今类书、字汇，无所不备；使左思生于今日，必不作此种赋。即作之，不过翻摘故纸，一二日可成。而抄诵之者，亦无有也。今人作诗赋，而好用杂事僻韵，以多为贵者，误矣！

译文

古时候没有类书，也没有志书，连字汇一类的书也没有，因此在左思的《三都赋》、张衡的《两京赋》中，谈到草木的地方有很多处，谈到鸟的地方有很多处，这一定是查找了很多书籍，采集了很多地方的情况，然后才撰写成的文章。如果才思文采都十分可观，便会轰动一时。这就是出现“洛阳纸贵”现象的原因，竟至每个家庭都购买一本，当做类书、方志来读了。因此写成这样的作品也就须要十年或五年的时间了。如今类书、字汇等书，都十分完备；假使左思生在今日，一定不会写作这类辞赋了。就是写这类辞赋，只不过翻检一下有关资料，一两天便可以完成了。而传抄诵读的人，也不会有了。如今某些人写作诗赋，喜欢用烦杂的典故和生僻的险韵，还认为用得越多越好，这实在是错了！

评点

袁枚批评某些人作诗，“好用杂事僻韵”的现象，而且还以为用得越多越好。将诗写得像类书、志书一样。这样做的结果，当然就见不到诗中的性情，亦无诗味可言了。袁枚分析了《三都赋》和《两京赋》中为什么写了那么多草木和花鸟，因为当时无类书和志书，加之作品的词采艳丽，因此出现“洛阳纸贵”的现象。今非昔比，类书、志书，一概俱全，因此今人作诗便不可以再那样做了。袁枚在《续诗品》第五首中写道：“锦非不佳，不可为帽。金貂满堂，狗来必笑。”嘲笑那些在诗中一味堆砌典故“杂事”的错误做法。

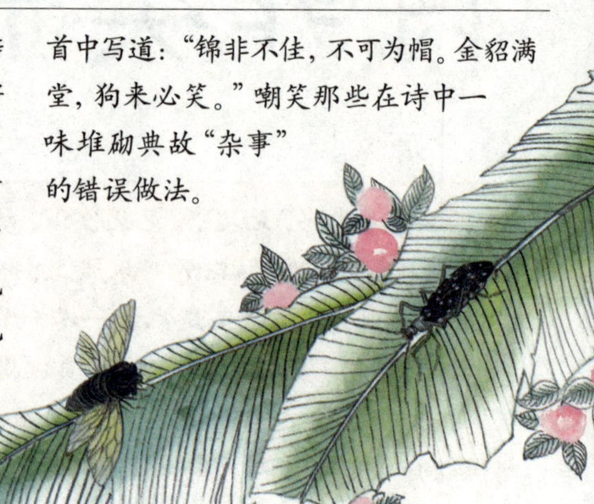

乐府古题

原文

“乐府”二字，是官监之名，见霍光、张放两传。其《君马黄》、《临高台》等乐章，久矣失传。盖因乐府传写，大字为辞，细字为声，声词合写，易至舛误。是以曹魏改《将进酒》为《平关中》，《上之回》为《克官渡》，共十二曲，并不袭汉。晋人改《思悲翁》为《宣受命》，《朱鹭》为《灵之祥》，共十二曲，亦不袭魏。唐太白、长吉知之，故仍其本名，而自作己诗。少陵、张、王、元、白知之，故自作己诗，而创为新乐府。元稹序杜诗，言之甚详。郑樵亦言：“今之乐府，崔豹以义说名，吴兢以事解目，与诗之失传一也。《将进酒》，而李余乃序烈女；《出门行》，而刘猛不言别离；《秋胡行》，而武帝云：‘晨上散关山，此道当何难。’皆与题无涉。”今人犹贸贸然抱《乐府解题》为秘本，而字摹句仿之，如画鬼魅，凿空无据；且必置之卷首，以撑门面。犹之自标门阀，称乃祖乃宗绝大官衔，而不知其与己无干也。

译文

“乐府”两个字，本是官署的名称，在《霍光传》和《张放传》中，都可以见到有关这方面的记载。其中《君马黄》、《临高台》等乐章，很早就已经失传了。因乐府在传抄过程中，大字是词，细小的字是曲谱，曲谱与歌词混在一起，很容易出现错误。因此曹魏时改《将进酒》为《平关中》，《上之回》为《克官渡》，共十二支曲子，并不沿用汉代的旧名。晋朝人改《思悲翁》为《宣受命》，改《朱鹭》为《灵之祥》，共有十二支曲子，也不沿用魏时的旧名。唐朝时李白、李贺懂得这个道理，因此仍旧用乐府古题本名，去写作自己的诗。杜甫、张籍、王建、元稹、白居易懂得这个道理，因此写作自己的诗，创制为新乐府。元稹在为杜甫的诗所作的序言中，对此有详尽的论述。南宋时郑樵也说：“如今的乐府，崔豹以诗的旨义来说明题名，吴兢以故事来解释题目，与诗的失传是没有区别的。《将进酒》，李余用这个乐府古题描写烈女；《出门行》，刘猛用这个古题写作的诗并不描写离别；《秋胡行》，武帝用这个古题写道：‘晨上散关山，此道当何难。’这都与原题名无关。”如今某些人仍不认真思索还抱着吴兢的《乐府解题》不放，奉为珍贵的秘本，按照题目的名字去摹仿，如同鬼画符一样，毫无根据地凭空捏造；而且还必定放在诗集开头的位置，以此来支撑门面。有如自我炫耀出身门第，宣称自己的祖宗是朝中的大官，其实那位大官与他毫无关系。

评点

袁枚认为古代乐府在传抄过程中，词与曲谱混在一起，容易发生错误。这种分析是符合历史实际的。魏晋时人写作乐府诗，不仅内容是新的，连题名都改了。唐代一些著名的诗人，写作乐府诗，都采用“旧瓶装新酒”的做法，用乐府的古题写新的内容。如今某些人按照古乐府题名的“本义”去写乐府诗，其实是凭空杜撰，有如“鬼画符”一样难于理解。至于将这种“乐府诗”置于卷首，以撑门面，借以吓人，就更为无知可笑了。古乐府，即古代的民歌，今人写乐府诗，只能用古乐府的形式，来表现今人的情与事，如按乐府古题本身的含意去写古人的情与事，显然是一种错误的做法。

诗中事不可太认真

原文

《三余编》言："诗家使事，不可太泥。"白傅《长恨歌》："峨嵋山下少人行。"明皇幸蜀，不过峨嵋。谢宣城诗："澄江静如练。"宣城去江百余里，县治左右无江。相如《上林赋》："八川分流。"长安无八川。严冬友曰："西汉时，长安原有八川，谓：泾、渭、灞、浐、沣、滈、潦、莳也；至宋时则无矣。"

译文

《三余编》中有这样的话："诗人在诗中提到的事，不能要求与事实完全相同。"白居易《长恨歌》写道："峨嵋山下少人行。"玄宗因安史之乱逃往四川，但并没有经过峨嵋山。南朝齐诗人谢朓在诗中写道："澄江静如练。"当时谢朓任宣城太守，宣城离江百余里，县城附近并没有江。司马相如《上林赋》写道："八川分流。"长安没有八川。严长明说："西汉时，长安原有八川，分别称为：泾水、渭水、灞水、浐水、沣水、滈水、潦水、莳水；到了宋代时已经没有了。"

评点

诗是抒情的文体，而且多用比喻、夸张的艺术表现手法。因此，诗中所写的某些事，不一定完全与事实相符。读者应以这样的观点来读诗，否则便太拘泥迂腐了。相传唐宣宗时，宰相令狐楚推荐诗人李远为杭州郡守。宣宗说："李远在诗中说什么'长日惟消一局棋'，整天下棋，怎么能治郡呢？"令狐楚回答说："诗人在诗中说的话，不宜如实去考究。"宣宗听信了令狐楚的话，任用了李远。诗人一时兴到之语，不能只从字面上做皮相的理解。

做大才不做粗才

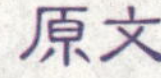

原文

人称才大者，如万里黄河，与泥沙俱下。余以为：此粗才，非大才也。大才如海水接天，波涛浴日，所见皆金银宫阙，奇花异草；安得有泥沙污人眼界耶？或曰：“诗有大家，有名家。大家不嫌庞杂，名家必选字酌句。”余道：作者自命当作名家，而使后人置我于大家之中；不可自命为大家，而转使后人屏我于名家之外。常规蒋心余太史云：“君切莫老手颓唐，才人胆大也。”心余以为然。

译文

有人说才气大的人，如黄河之水一泻万里，必然要裹带着泥沙一起流去。我认为：这是粗才，不是大才。大才有如连天的海水，涌起的波涛沐浴日月，使人所看到的景象都像金银装饰的宫殿和鲜艳的奇花异草那样光彩夺目，怎么会有泥沙玷污人的视野呢？有人还说：“诗人有大家和名家的区别。大家不嫌弃诗作的庞杂，名家一定会逐字逐句地挑选斟酌。”我说：作者如能将自己视为名家，后人便会将你放在大家的行列之中；不应该将自己自命为大家，反而使后人将你排除于名家之外。我多次规劝蒋士铨太史说：“您千万不能因年老而精神衰蒽，以颓唐为老练；也不能因有才能而轻率动笔，不仔细推敲。”蒋士铨太史认为我规劝他的这些话是对的。

评点

有人自矜是大才，轻率动笔，不能字斟句酌、仔细推敲。袁枚认为这不是大才，是粗才。他在《答兰垞第二书》中，将这种粗才比做“黄河之水，泥沙俱下”，才大如同江海，“清澜浮天，纤尘不飞”，并说：“善学诗者，当学江海，勿学黄河。”在这则诗话中，袁枚还提到“老手颓唐，才人胆大”问题，正因为是作诗老手，容易精神不振，意气衰退，于是所作诗文新意不多；正因为有些诗才，便胆大心粗，很难写出精品。袁枚在《续诗品》第十九首中写道：“戒之戒之，贤智之过。老手颓唐，才人胆大。”这些告诫，对于学诗者来说，是很有益处的。

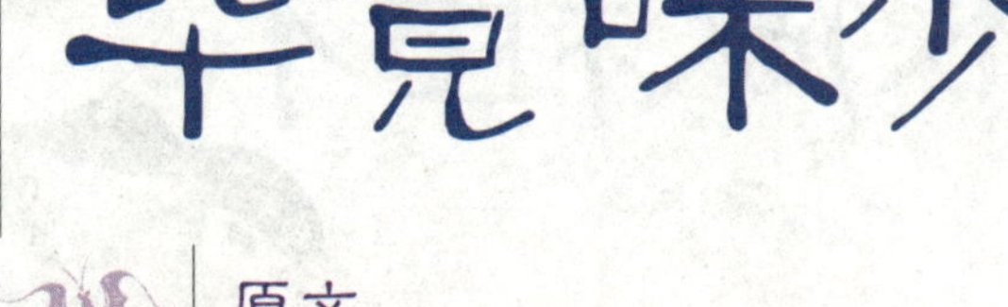

原文

余不喜黄山谷诗，而古人所见有相同者。魏泰讥山谷：“得几羽而失鹍鹏，专拾取古人所吐弃不屑用之字，而矜矜然自炫其奇，抑末也。”王弇州曰：“以山谷诗为瘦硬，有类驴夫脚跟，恶僧藜杖。”东坡云：“读山谷诗，如食蝤蛑，恐发风动气。”郭功甫云：“山谷作诗，必费如许气力，为是甚底？”林艾轩云：“苏诗如丈夫见客，大踏步便出去。黄诗如女子见人，先有许多妆裹作相。此苏、黄两公之优劣也。”余尝比山谷诗，如果中之百合，蔬中之刀豆也：毕竟味少。

译文

我不喜爱黄庭坚的诗，在古人中有与我看法相一致的人。北宋人魏泰讥讽黄庭坚说：“拾取几根羽毛而失去了大鸟，专门拾取古人吐弃不值得用的字，而以此夸示炫耀用字之奇，然而这实在是小枝末节。”王弇州说：“黄庭坚的诗以瘦硬为特点，有如赶驴人的脚跟，凶恶和尚的手杖。”苏轼说：“读黄庭坚的诗，好像吃了梭子蟹，恐怕使人发风动气。”郭祥正说：“黄庭坚作诗，耗费了很大的力气，这究竟是为什么？”林艾轩说：“苏轼的诗，如大丈夫会见客人，大踏步便走出来。黄庭坚的诗，如小女子面见陌生人，事先要打扮装裹一番。这就是苏、黄二位诗的优劣之处。”我曾将黄庭坚的诗，比作果实中的百合、蔬菜中的刀豆，终究是味道太少了。

评点

袁枚不喜欢黄庭坚的诗，并列举了古人中与他持相同看法的一些人。这些看法是，黄庭坚的诗喜欢用生僻的字，自以为奇；格调瘦硬，无自然和谐之美；雕刻太甚，甚至忸怩作态。这确实是黄庭坚诗的缺点，对后世曾产生不良影响，特别是对“江西诗派”的影响更为明显。袁枚认为黄庭坚的诗“毕竟味少”，内容贫乏，缺少性情，诗味自然就少了。

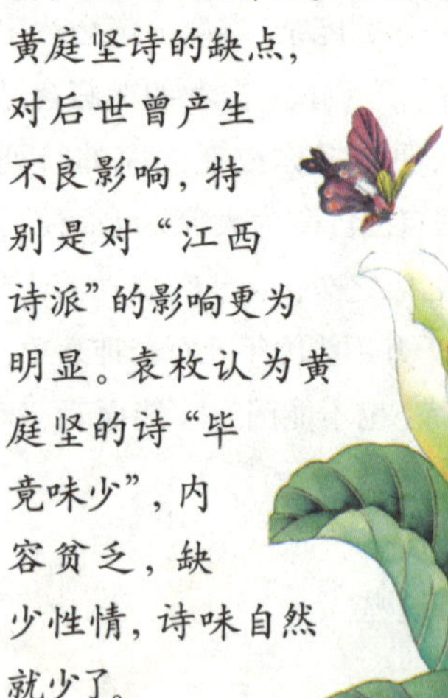

成此一家数

原文

本朝王次回《疑雨集》，香奁绝调；惜其只成此一家数耳。沈归愚尚书选国朝诗，摈而不录；何所见之狭也！尝作书难之云：“《关雎》为《国风》之首，即言男女之情。孔子删诗，亦存《郑》、《卫》；公何独不选次回诗？”沈亦无以答也。唐李飞讥元、白诗“纤艳不逞，为名教罪人”。卒之千载而下，知有元、白，不知有李飞。或云：飞此言见于杜牧集中。牧祖佑，年老不致仕，香山有诗讥之，故牧假飞语以诋之耳。

译文

当代人王次回《疑雨集》中的诗，都是精美的“香奁体”诗；可惜只形成这一种风格流派。沈德潜尚书编选当代诗，将王次回的诗摈弃在外没有收录；这见解是何等偏狭呀！我曾给沈德潜尚书写信争辩说：“《关雎》这首诗列为《诗经》中《国风》之首，就是表述男女情爱的。孔子删诗，也保留了《郑》、《卫》那些表现男女相爱的诗篇；您为什么偏偏不选王次回那些‘香奁体’诗呢？”沈德潜尚书也无言以对。唐朝人李飞讥讽元稹、白居易的诗“纤弱艳冶消沉，是儒家名教的罪人”。结果是千百年之后，人们只知道诗人元稹、白居易，不知道有李飞这个人。有人说：李飞的这句话，见之于杜牧的诗文集中。杜牧的祖父杜佑，任宰相时，年老了也不肯离职休官，白居易曾作诗讽刺过这件事；因此杜牧借用李飞这句话来诋毁白居易和元稹。

评点

袁枚的性灵说，主张个性解放，人性回归，对于描写男女爱情的所谓“艳诗”，不但不排斥，还给予格外的关注。并以《关雎》这首爱情诗为《诗经·国风》之首为自己论点的依据。指出沈德潜编诗集不选王次回的爱情诗是错误的。袁枚在《再与沈大宗伯书》中开头便写道：“闻《别裁》中独不选王次回诗，以为艳体不足垂教。仆又疑焉。”可见，袁枚的主张是为封建传统礼教所不容的，其进步性也主要表现在这个方面。

但知有苏小

原文

余戏刻一私印，用唐人“钱塘苏小是乡亲”之句。某尚书过金陵，索余诗册。余一时率意用之。尚书大加诃责。余初犹逊谢，既而责之不休，余正色曰：“公以为此印不伦耶？在今日观，自然公官一品，苏小贱矣。诚恐百年以后，人但知有苏小，不复知有公也。”一座粲然。

译文

我曾因开玩笑刻一枚私人用的图章，是唐朝人的一句诗：“钱塘苏小是乡亲。”某位尚书大人路过江宁，索要我的诗集。我一时不慎用了这枚图章。这位尚书大人对我大加训斥。开始时我还虚心认错，接着他还是指责不休。我便严肃地对他说：“您认为这枚图章有违纲常不伦不类吧？在今天看来，当然您官居一品，苏小低贱了。恐怕百年以后，人们只知道有苏小，不再知道有您这位大人了。”在座的人都笑起来了。

评点

袁枚，浙江钱塘人，以和钱塘名妓苏小小同乡为荣。这不能不说是一种自发的民主思想意识。并堂而皇之地刻一枚“钱塘苏小是乡亲”的私人印章，大有向封建礼教宣战的意思。当他因此受到某尚书的呵责时，他也严肃地说：“诚恐百年之后，人但知有苏小，不复知有公也。”竟然将这个为封建礼教所不容的妓女列在了这位尚书大人之上，使我们触摸到了袁枚性灵说背后的对封建礼教的叛逆精神和追求民主平等的人格力量。

光景常新

原文

陆鲁望过张承吉丹阳故居，言：“祜善题目佳境，言不可刊置别处，此为才子之最也。”余深爱此言。自古文章所以流传至今者，皆即情即景，如化工肖物，着手成春，故能取不尽而用不竭。不然，一切语古人都已说尽；何以唐、宋、元、明，才子辈出，能各自成家而光景常新耶？即如一客之招，一夕之宴，开口便有一定分寸，贴切此人、此事，丝毫不容假借，方是题目佳境。若今日所咏，明日亦可咏之；此人可赠，他人亦可赠之；便是空腔虚套，陈腐不堪矣。尹文端公在制府署中，冬日招秦、蒋两太史及余饮酒，曰：“今日席上，皆翰林，同衙门，各赋一诗。”蒋诗先成，首句云：“卓午人停问字车。”公笑曰：“此教官请客诗也。”秦惧不敢落笔。余亦知难而退。公不许。乃呈一律云：“小集平泉夜举觞，春风座上不知霜。偶然元老开东阁，难得群仙共玉堂。”公大喜曰：“开口已包括全题。白傅夸刘禹锡《金陵怀古》诗，‘前四句已探骊珠’此之谓矣！”

译文

晚唐诗人陆龟蒙过访中唐诗人张祜的丹阳故居时说：“张祜善于选择有美好意境的诗题，所用的字词表现别的诗题都不合适，这对于有才气的诗人是最重要的了。”我很喜欢这些话。自古以来能流传到今天的好文章，都是表现当时所感受到的情景，自然逼真地展示出来，一落笔便写出好的诗文，因此总会有用不尽写不完的素材和题目。不然的话，一切好的语言妙句都已被古人说完用尽，为什么唐、宋、元、明各朝各代还能才子辈出，都各成一家而笔下的诗文层出不穷常写常新呢？就好像招待一位客人，摆设一个晚上的酒宴，每句话都要讲究分寸，都要符合这位客人、这件事情，丝毫不能改作他人、他事，这样才是意境最佳的题目。如果是今天可以这样吟咏，明天也可以这样吟咏；可以赠给此人，也可以赠另一个人；这便是空泛的虚语套话，陈腐不堪毫无新意。有一年冬天，尹继善大人在官署中，招集秦太史、蒋太史和我饮酒，并说：“今日席上在座的三位，都是翰林，同在衙门里，请各赋诗一首。”蒋太史的诗先成，第一句写道：“卓午人停问字车。”尹继善大人笑着说：“这是教官请客的诗。”秦太史没有勇气落笔。我也知难而退了。尹大人不允许不写。我便写了一首呈上："小集平泉夜举觞，春风座上不知霜。偶然元老开东阁，难得群仙共玉堂。"尹大人读后很高兴地说："第一句已经概括全诗题旨。白居易夸赞刘禹锡《金陵怀古》诗，'前四句探得骊龙的宝珠'所讲的就是这种情况。"

评点

袁枚在这则诗话中，强调诗要有个性，不能"今日所咏，明日亦可咏之；此人可赠，他人亦可赠"，反对陈腐不堪的空腔虚套。能"贴切此人、此事，丝毫不容假借，方是题目佳境"。生动、逼真地表现出特定的情境，便能"各自成家而光景常新"。创作，即是创新。否则便不成其为创作了。

味鲜趣真

原文

熊掌、豹胎，食之至珍贵者也；生吞活剥，不如一蔬一笋矣。牡丹、芍药，花之至富丽者也；剪采为之，不如野蓼山葵矣。味欲其鲜，趣欲其真，人必知此，而后可与论诗。

译文

熊掌、豹胎，是饮食中最珍贵的了；如果不经烹制生吞活剥，便不如最平常的一种菜了。牡丹、芍药，是花中最华丽富贵的了；如果是剪裁成的纸花或布花，便不如最普通的一种野花了。味道要新鲜，情趣要纯真，学诗的人必须明白这个道理，然后才可以和他讨论有关诗的问题。

评点

在这则诗话中，袁枚强调作为一首好诗，韵味要新鲜，情趣要纯真。即或是俗的野的，只要韵味新鲜，情趣纯真，也是好诗。那些貌似文雅高贵的赝品因无生命力而永远无法成为好诗。袁枚在《续诗品》第十五首中写道："画美无宠，绘兰无香。揆厥所由，君形者亡。"都属于"伪笑佯哀"一类，袁枚在《再答李少鹤》一文中斥之为"所谓假诗者也"。

和韵贵出新

原文

咏物已难，而和前人之韵则更难。近惟陈其年之和王新城《秋柳》，奇丽川方伯之和高青邱《梅花》，能不袭旧语，而自出新裁。陈云："尽日邮亭挽客衣，风流放诞是耶非？将军营里年光晚，京兆街前信息稀。愁黛忍令秋水见？柔条任与夜乌飞。舞腰女伴如相忆，为报飘零愿已违。""鹅黄搓就便相怜，记得金城几树烟。未到阿那先罳罬，任为抛掷也缠绵。由来春好惟三月，诗得花开又一年。此日秋山太迢递，株株摇落画楼边。"又云："似尔陌头还拂地，有人楼上怕开箱。"俱妙。方伯云："枝头何处认青痕，霜亦精神雪亦温。一径晓风寻旧梦，半林寒月失孤村。吟情欲镂冰为句，离恨难招玉作魂。寄语溪桥桥上客，莫从香里误柴门。""点额谁教入汉宫，冻云合处路难通。胧胧照去月疑落，瓣瓣擎来雪又空。无梦不随流水去，有香只在此山中。松间竹外谁知己，地老天荒玉一丛。"又云："珊珊仙骨谁能近，字与林家恐未真。""陇首祗今春意薄，山中自昔故人稀。"其高淡之怀，梅花有知，当呼知己。

译文

咏物诗已经很难作了，而和前人韵的咏物诗就更难作了。近来只有陈维嵩和王士祯的《秋柳》诗，奇丽川方伯和高启的《梅花》诗，能不沿袭前人的陈言旧语，而能够自出新裁。陈维嵩写道：“尽日邮亭挽客衣，风流放诞是耶非？将军营里年光晚，京兆街前信息稀。愁黛忍令秋水见？柔条任与夜乌飞。舞腰女伴如相忆，为报飘零愿已违。”“鹅黄搓就便相怜，记得金城几树烟。未到阿那先罷畷，任为抛掷也缠绵。由来春好惟三月，待得花开又一年。此日秋山太迢递，株株摇落画楼边。”又有诗句写道：“似尔陌头还拂地，有人楼上怕开箱。”都很精妙。方伯诗写道：“枝头何处认青痕，霜亦精神雪亦温。一径晓风寻旧梦，半林寒月失孤村。吟情欲镂冰为句，离恨难招玉作魂。寄语溪桥桥上客，莫从香里误柴门。”“点额谁教入汉宫，冻云合处路难通。胧胧照去月疑落，瓣瓣擎来雪又空。无梦不随流水去，有香只在此山中。松间竹外谁知己，地老天荒玉一丛。”又有诗句写道：“珊珊仙骨谁能近，字与林家恐未真。”“陇首只今春意薄，山中自昔故人稀。”其高雅淡泊的情怀，梅花如果有知，应当称为知己。

评点

袁枚认为咏物诗难写，和韵咏物更难。咏物诗不仅是对所咏之物外在的描摹，要有象外之象，弦外之音，所以咏物诗写好很难。对于前人经常吟咏之物就更难写了，如梅花，李清照就曾说：“世人作梅词，下笔便俗。”所谓“俗”，就是平庸，缺少新意。至于和韵，因受韵脚限制，当然就更难了。咏物与和韵，关键是要有新意。如袁枚在这里列举的诗句，便都富有新意。如：“陇首只今春意薄，山中自昔故人稀。”既是咏梅，又是和韵，诗中寄托诗人身世之感，诗意尖新，堪称佳句。

多师是我师

原文

少陵云："多师是我师。"非止可师之人而师之也；村童牧竖，一言一笑，皆吾之师，善取之皆成佳句。随园担粪者，十月中，在梅树下喜报云："有一身花矣！"余因有句云："月映竹成千个字，霜高梅孕一身花。"余二月出门，有野僧送行，曰："可惜园中梅花盛开，公带不去！"余因有句云："只怜香雪梅千树，不得随身带上船。"

译文

杜甫在诗中写道："转益多师是汝师。"不是说只有可作为自己老师的人才去认作老师；就是乡村牧童，他们的一言一笑，都有可作我的老师之处，只要善于选取都可能成为好的诗句。随园中有一个担粪的人，十月间，在梅树下高兴地对我说："已经有一身梅花了！"我受他这句话的启示写有这样的诗句："月映竹成千个字，霜高梅孕一身花。"我于二月时离家出门，有一位山野僧人为我送行，说："可惜园中的梅花已经盛开，您没有办法带去！"我受他这句话的启示写有这样的诗句："只怜香雪梅千树，不得随身带上船。"

评点

善于向他人学习，善于向身边的人学习，能从平常人的平常话语中发现"诗意"和"诗的语言"，这种在日常生活中发现"诗"的能力，对一个诗人来说，是至关重要的。袁枚能从随园担粪者的话中，从送行的野僧的话中发现"诗"，在此启发下产生灵感，写出好诗，便是他能做到"转益多师是汝师"的结果。凡是有成就的诗人，大都有与袁枚相类似的感受。如苏轼在颍州时，一年春夜，堂前梅花盛开，月色鲜霁。王夫人对他说："春月色胜于秋月色；秋月令人惨凄，春月令人和悦。何不邀几个朋友来，饮此花下。"苏轼听了王夫人的话，十分高兴地说："不知道夫人原来是位诗人，方才你讲的这番话，真是诗的语言哪！"苏轼的《减字木兰花·春庭月午》词，便是取王夫人的语意写出来的。

诗者持也

原文

张燕公称阎朝隐诗，炫装倩服，不免为风雅罪人。王荆公因之作《字说》，云：“诗者，寺言也。寺为九卿所居，非礼法之言不入，故曰‘思无邪’。”近有某太史恪守其说，动云诗可以观人品。余戏诵一联云：“‘哀筝两行雁，约指一勾银。’当是何人之作？”太史意薄之曰：“不过冬郎、温、李耳。”余笑曰：“此宋四朝元老文潞公诗也。”太史大骇。余再诵李文正公昉《赠妓》诗曰：“便牵魂梦从今日，再睹婵娟是几时？”一往情深，言由衷发；而文正公为开国名臣：夫亦何伤于人品乎？《孝经含神雾》云：“诗者，持也。持其性情，使不暴去也。”其立意比荆公差胜。

译文

张说批评阎朝隐的诗，语言太华丽了，未免有伤大雅，真是有罪的人。王安石沿袭这个观点在所作的《字说》中说：“诗这个字，由寺和言构成。寺是朝廷高级官员所居之处，不符合礼法的言语不能在这里出现，因此说诗‘思无邪’。”近来有某位太史严格遵守这种说法，动不动就说可以从诗中看出一个人的人品。我和他开玩笑吟诵了两句诗：“‘哀筝两行雁，约指一勾银。’应该是谁作的呢？”这位太史轻蔑地说：“不外是韩偓、温庭筠、李商隐之流吧！”我笑着说：“这是北宋四朝元老文彦博所作的诗。”这位太史大吃一惊。我又吟诵文正公李昉《赠妓》诗句：“便牵魂梦从今日，再睹婵娟是几时？”一往情深，是从心灵深处发出的言语。文正公李昉是北宋开国名臣：这些诗句又怎么会有损于他的人品呢？《孝经含神雾》中写道：“诗这个字，是持的意思。把持住性情，不使其突然失去。”这种说法似乎比王安石略强一些。

评点

某些正人君子动不动便讲从诗中可以看出诗人的人品。对于言情的诗文斥之为“有伤风化”、“风雅罪人”，袁枚对此予以批驳，并以历朝明公大臣的抒情诗文为佐证，来捍卫他的“性灵说”。因为用封建礼法来衡量诗，首先扼杀了诗人的性情，也就是扼杀诗。袁枚对“诗者，持也”传统观点，赋予了新的内涵。持什么?持其性情，不使性情从诗中失掉。

幽深细微

原文

孔子与子夏论诗曰：“窥其门，未入其室，安见其奥藏之所在乎?前高岸，后深谷，泠泠然不见其里，所谓深微者也。”此数言，即是严沧浪“羚羊挂角，香象渡河”之先声。

译文

孔子与他的学生子夏讨论有关诗的问题时说：“望见他的屋门，未进入他的室内，怎么能发现他的珍贵之物藏匿在什么地方呢?前面是高山，后面是深谷，严森森看不清里面的情况，这就是所说的幽深细微之处了。”这些话，即是严羽在《沧浪诗话》中所说的“羚羊挂角，香象渡河”，不露痕迹等那些话的先声。

评点

袁枚认为孔子与子夏论诗的这段话，是严羽《沧浪诗话》中所讲的“羚羊挂角，香象渡河”的先声。所说“羚羊挂角，香象渡河”，就是说诗要像羚羊把角挂在树上睡觉，像香象潜入水底过河，不留一点痕迹。也就是说诗要含蓄自然。像孔子与子夏所说的珍贵之物藏匿在室内深幽之处一样。显然，袁枚是赞同这种观点的。

如此通脱

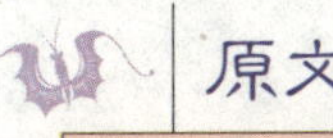

原文

《宋稗类抄》第一卷《遭际类》云：“陈了翁之父尚书、与潘良贵义荣之父交好。潘一日谓陈曰：‘吾二人官职、年齿，种种相似；恨有一事不如公。’陈问之。潘曰：‘公有三子，我乃无之。’陈曰：‘吾有妾，已生子矣，可以奉借。他日生子，当即见还。’既而遣至，即了翁之母也。未几，生良贵。后其母遂往来两家。一母生二名儒，前所未有。”此事太通脱，今人所断不为；而宋之贤者为之，且传为佳话。高南阜太守题诗曰：“赠妾生儿古人有，儿生还妾古人无。宋贤豁达竟如此，寄语人间小丈夫！”杭州冯山公先生以春秋卢蒲嫳为齐之忠臣，云：“替庄公报仇，要灭崔氏，非庆封不可。欲输心庆丰，非易内不可。五伦中，君、父最大，夫、妻为小。卢顾大伦，故不顾小伦也。”其言甚创，人多怪之。余按东汉《独行传》：犍为任永避王莽之乱，伪病青盲，妻淫于前，佯为不见。似山公之言，未尝无证。

译文

《宋稗类抄》第一卷《遭际类》中写道：“陈了翁的父亲陈尚书，与潘良贵义荣的父亲交情很深。潘父有一天对陈父说：‘你我二人的官职、年龄等等，都彼此相似，遗憾的是有一件事我不如你。’陈父问是什么事。潘父说：‘你有三个儿子，可我一个儿子都没有。’陈父说：‘我有妾，她已经给我生了一个儿子，可以将她借给你。等日后为你生了儿子，再将她还给我。’随即陈父便将妾给潘父送过去了。这位妾就是陈了翁的母亲。

后来，生了潘良贵。在以后的日子里她便经常往来于陈、潘两家。一位母亲生了两位有名的文人，真是前所未有。”这件事情真是太通达超脱了，如今的人决不会这样做；而宋代有贤德的人这样做，并且传为一段佳话。高南阜太守曾为此题诗：“赠妾生儿古人有，儿生还妾古人无。宋贤豁达竟如此，寄语人间小丈夫！”杭州冯山公先生认为春秋时代的卢蒲嫳是齐国的忠臣，他说：“要替庄公报仇，灭掉崔氏，只有庆丰能办得到。要对庆丰表示诚心，非更换妻子不可。在五伦中，国君、父亲最大了，夫、妻为小。卢蒲嫳能顾全大伦，因此便不顾小伦了。”这些话很有创见，人们大都看做是奇谈怪论。我说明一下，考察东汉《独行传》有这样记载：犍为那个地方有个人叫任永，为逃避王莽之乱，谎称眼病失明。妻子在他眼前与别人淫乱，他也假装看不见。这与冯山公所言很相似，可见这样的事情还能找到其他的证据。

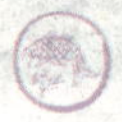

评点

因朋友无子，将自己的妻妾“借”给朋友，生子后再归还自己。有人写诗称赞这种做法是大丈夫的“豁达”表现。袁枚对此也持肯定态度，并与汉代任永相比。任永为避免王莽之乱，谎称双目失明，妻子在他面前与他人淫乱，他也假装看不见。此类事固然“豁达”，但终觉得有违人的常情常理，将妻妾“借”朋友生子。将女人当做生育的工具，更与袁枚倡导的“性灵说”相悖，不值得赞扬。

改诗难于作诗

原文

改诗难于作诗，何也？作诗，兴会所至，容易成篇；改诗，则兴会已过，大局已定，有一二字于心不安，千力万气，求易不得，竟有隔一两月，于无意中得之者。刘彦和所谓：“富于万篇，窘于一字。”真甘苦之言。《荀子》曰：“人有失针者，寻之不得，忽而得之，非目加明也，眸而得之也。”所谓“眸”者，偶睨及之也。唐人句云：“尽日觅不得，有时还自来。”即“眸而得之”之谓也。

译文

改诗比作诗还难，为什么呢？因为作诗，只要有兴致有灵感，容易写成；改诗时，兴致灵感都已经过去，全诗大的格局都已经确定，心中只觉得有一两个字欠妥，费尽无数力气，想改好但办不到，有时竟然相隔一两个月还改不了，有时于无意之中受到启发而改好了。刘彦和所说：“能写出千万篇文章，有时竟被一个字难住。”这真是深知甘苦的话。《荀子》一书中有这样的话：“有个人的针丢了，到处寻找找不到，偶然间找到了，不是眼睛比平时更加明亮了，而是偶然发现了。”所说的“眸”这个字，就是偶然看到的意思。唐代人有这样的诗句：“尽日觅不得，有时还自来。”就是“眸而得之”的意思。

评点

刘勰《文心雕龙·附会》写道：“改章难于造篇，易字难于代句，此已然之验也。”魏庆之《诗人玉屑》写道：“赋诗十首，不若改诗一首。”可见，改诗难于作诗，是诗论家们的共识。袁枚不仅是诗论家，本身就是个诗人，有切身的实践体会，因此对这种现象能做出合理的解释。作诗，诗人正处在情感兴奋之时；改诗，诗人的激情已经冷却下来了。而且，一首诗大局已定，改动一二字，便会牵一发而动全身。所以改诗难于作诗。袁枚还写道，有时经月也不能改好，但也有时受到某种触发，“于无意中得之”。这同样是一个诗人的经验之谈。袁枚《续诗品》第二十六首写道：“千招不来，仓猝忽至。”讲的就是这种情况。

差半个字

原文

尹文端公论诗最细，有“差半个字”之说。如唐人：“夜琴知欲雨，晚簟觉新秋。”“新秋”二字，现成语也。“欲雨”二字，以“欲”字起“雨”字，非现成语也。差半个字矣。以此类推，名流多犯此病。必云“晚簟恰宜秋”，“宜”字方对“欲”字。

译文

文端大人尹继善论诗最为精细，有“差半个字”之说。如唐朝人诗句：“夜琴知欲雨，晚簟觉新秋。”“新秋”两个字，是现成的词语。“欲雨”两个字，用“欲”这个字领起“雨”字，不是现成的词语。因此是“差半个字”。以此类推，许多名家也都常犯这个毛病。必须改为“晚簟恰宜秋”，“宜”字与“欲”相对仗才工稳。

评点

唐人诗句“夜琴知欲雨，晚簟觉新秋”，用律诗的格律来衡量，平仄入律，基本对仗，也就可以了。但仔细推敲，“欲雨”与“新秋”相对欠工，尹继善称之为“差半个字”，意思是还差一点点。并建议将“觉新秋”改为“恰宜秋”，因为“宜”字与“欲”字相对便完全工稳了。这种从难从严的要求固然是好的，但要以不因辞害意为前提。不能一味求词性对仗的工稳而影响诗意的表达和情感的抒发。

言外之意

原文

诗无言外之意，便同嚼蜡。杭州俞苍石秀才《观绳伎》云："一线腾身险复安，往来不厌几回看。笑他着脚宽平者，行路如何尚说难？"又："云开晚霁终殊旦，菊吐秋芳已负春。"皆有意义可思。严冬友壮年不仕，《韦曲看桃花》云："凭君眼力知多少，看到红云尽处无。"

译文

诗如果没有言外之意，便会味同嚼蜡一般。杭州俞苍石秀才《观绳伎》诗写道："一线腾身险复安，往来不厌几回看。笑他着脚宽平者，行路如何尚说难？"还有诗句："云开晚霁终殊旦，菊吐秋芳已负春。"都有意义可供玩味。严长明已经壮年还不能步入仕途，便在《韦曲看桃花》诗中写道："凭君眼力知多少，看到红云尽处无。"

评点

袁枚强调诗要有言外之意，否则便会索然无味。诗人别有寄托，读者才能产生种种联想。即所谓言有尽而意无穷。当然这种寄托以贴切自然为好。如袁枚在这里引用的俞苍石所作的《观绳伎》诗，从观看绳伎在绳上往来行走，想到世间人们行路时的情景，便饶有兴味。

比兴更妙

原文

唐人有“南宫歌管北宫愁”之句，盖赋体也。不如方子云《晚坐》云：“西下夕阳东上月，一般花影有寒温。”以比兴体出之，更妙。

译文

唐朝人有“南宫歌管北宫愁”诗句，属于赋的体式。不如方子云《晚坐》中的诗句：“西下夕阳东上月，一般花影有寒温。”用比、兴手法表现出来，更为精妙。

评点

袁枚认为诗中用比兴的手法比用赋的手法“更妙”，因为比兴就是用比喻或托兴于物的手法来表现诗意，赋则是直接的叙述，一般说来“比兴”更为巧妙一些。但“赋比兴”这三种表现手法，各有各自的功能，彼此不能替代，应根据诗文的内容来决定用哪一种手法表现。

夙论如此

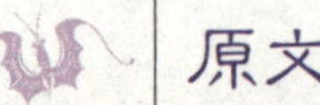

原文

刘曾灯下诵《文选》，倦而就寝，梦一古衣冠人告之曰："魏、晋之文，文中之诗也；宋、元之诗，诗中之文也。"既醒，述其言于余。余曰："此余夙论如此。"

译文

刘曾在灯下夜读《文选》，困倦了便睡着了，梦见一位穿戴着古代衣帽的人对他说："魏、晋时的散文，是散文中的诗；宋、元时的诗，是诗中的散文。"醒后，对我讲述了这些话。我说："这正是我从前论述的观点。"

评点

魏、晋之文，如建安七子、陶潜等人的文章，精炼而有情致，所以可称之为"文中之诗"；宋、元人的诗，议论说理太多，常以文入诗，少韵味，所以可称之为"诗中之文"。袁枚认为这与他从前的看法相一致，强调文可以有诗的特点，但是诗应避免散文化，切勿蹈宋、元人的覆辙。

尊之诋之的利弊

原文

本朝古文之有方望溪，犹诗之有阮亭：俱为一代正宗，而才力自薄。近人尊之者，诗文必弱；诋之者，诗文必粗。所谓佞佛者愚，辟佛者迂。

译文

当代散文家中有方苞，正如诗人中有王士祯：都是一个时代正统文学的主将，但他们的才力都显得不足。近代人如尊崇他们，诗文必然变得纤弱；诋毁他们，诗文必然粗陋。正如人们所说的迷信佛教教理的人愚昧，驳斥佛教佛理的人迂阔。

评点

方苞是清代桐城派散文的代表性作家，王士祯是清代倡导神韵说的诗人，为清初数十年诗坛之正宗。袁枚将他们二人相比并列，并认为他们才力都有些薄弱。如王士祯的神韵说，以清淡闲远的风神韵致为诗文的最高境界，精细有余，雄放不足。袁枚认为过分尊崇他的主张所作诗文必然会纤弱无力；反过来攻击诋毁他的主张所作诗文必然会粗俗率直。王士祯的神韵说与袁枚的性灵说有某些相通之处，因此袁枚能从正反两个方面来认识神韵说的利弊。

押韵的语录和讲章

原文

郑夹漈笑韩昌黎《琴操》诸曲为兔园册子，薄之太过。然《羑里操》一篇，末二句云："臣罪当诛，天王圣明。"深求圣人，转失之伪。按《大雅文王》曰："咨汝殷商，汝炰烋于中国，敛怨以为德。"文王并不以纣为圣明也。昌黎岂不读《大雅》耶？东坡言孔子不称汤、武。按《革卦系词》："汤、武革命，顺乎天而应乎人。"系词，孔子所作也。东坡岂不读《易经》耶？刘后村为吴恕斋作《诗序》云："近世贵理学而贱诗赋，间有篇章，不过押韵之语录、讲章耳。"余谓此风，至今犹存。虽不入理障，而但贪序事、毫无音节者，皆非诗之正宗。韩、苏两大家，往往不免。故余《自讼》云："落笔不经意，动乃成苏韩。"

译文

南宋学者郑樵讥笑韩愈《琴操》等曲是浅近流俗的兔园册子，太过于刻薄了，但《羑里操》一篇，末尾二句写道："臣罪当诛，天王圣明。"想极力效法圣人，反倒显得有些虚假了。考证《诗经·大雅·文王》(应为《大雅·荡》——译者)有这样的诗句："咨汝殷商，汝炰哮于中国，敛怨以为德。"文王并未将跋扈于天下、将恶人当成忠良的商纣称作圣明的天王。韩愈岂能没读过《诗经·大雅》?苏轼说孔子不称赞商汤和周武王。说明一下，考证《周易·革卦》系词："商汤、周武王变革时代，上合天道，下合人心。"《周易·系词》是孔子作的。苏轼岂能不读《周易》?南宋词人刘克庄为吴恕斋作《诗序》写道："近来世风看重理学而轻视诗赋，偶尔有些诗篇，只不过是押韵的圣贤语录、时文讲章罢了。"我认为这种风气，至今还存在。还有些诗篇虽然没受理学的蔽障，但只重叙事、丝毫不注重音韵节奏，都不是诗的正体。韩愈、苏轼两位大诗人，也常常不免如此。因此我在《自讼》一诗中写道："落笔不经意，动乃成苏韩。"

评点

袁枚所论的"性灵说"，是对理学家"存天理，灭人欲"的一个反动。南宋时理学最盛，南宋词人刘克庄便曾一针见血地指出，由于重视理学而轻视诗赋，致使某些诗文，变成了押韵的圣贤语录和时文讲义了。袁枚指出这种流弊，至今不绝。所谓"学者诗派"，除了堆垛典故，便是议论说理，是袁枚主性灵的诗论所攻击和反对的目标。袁枚还认为，有些诗文虽然没受理学的影响，但一味叙事，不注重音节韵律，都不是诗的正体。袁枚所强调诗的抒情性和音乐感，确是诗这种文体的最重要的特性。

作诗不可不辨

原文

为人不可不辨者：柔之与弱也，刚之与暴也，俭之与啬也，厚之与昏也，明之与刻也，自重之与自大也，自谦之与自贱也；似是而非。作诗不可不辨者：淡之与枯也，新之与纤也，朴之与拙也，健之与粗也，华之与浮也，清之与薄也，厚重之与笨滞也，纵横之与杂乱也：亦似是而非。差之毫厘，失之千里。

译文

做人不能不辨明这些界限：柔和与软弱，俭朴与吝啬，厚道与昏庸，精明与尖刻，自重与自大，自谦与自贱：彼此之间似是而非。作诗不能不辨明这些界限：淡远与枯燥，新巧与纤细，朴实与拙劣，雄健与粗野，华艳与轻浮，清丽与浅薄，厚重与笨滞，纵横与杂乱：彼此之间也似是而非。看似差别不大，实际相差得十分遥远。

评点

诗的某些风格貌似而神异，其中的高低优劣，必须辨别清楚，以免以劣为优，误入歧途。袁枚举出一系列的外表相似而实质不同的风格，诸如：淡与枯、新与纤、朴与拙、健与粗、华与浮、清与薄、厚重与笨滞、纵横与杂乱等等，都貌相近，实则前者为优后者为劣。如淡与枯，在不重词藻的华丽方面有外在的相似之处，但实质是大不相同的，淡泊是诗的最高境界，苏轼《书黄子思诗集后》写道："寄至味于淡泊。"讲的是淡而有味，越淡诗味越浓。枯，则是枯槁，枯燥，索然无味。与淡相去千里。其他新与纤、朴与拙等等也都是如此。学诗者必须仔细辨别，并在写作实践中摸索体会，这样才能始终沿着一条正确的路线前进。

六经中有伪文章

原文

明季以来，宋学太盛。于是近今之士，竞尊汉儒之学，排击宋儒，几乎南北皆是矣。豪健者尤争先焉。不知宋儒凿空，汉儒尤凿空也。康成臆说，如用麒麟皮作鼓郊天之类，不一而足。其时孔北海、虞仲翔早驳正之。孟子守先王之道，以待后之学者；尚且周室班爵禄之制，其详不可得而闻。又曰：“尽信书不如无书。”况后人哉？善乎杨用修之诗曰：“三代后无真理学，六经中有伪文章。”

译文

自明代以来，受宋代儒学的影响太大。于是如今的读书人，竞相尊崇汉代的儒学，排斥攻击宋代的儒学，无论是南方还是北方几乎都是这样。豪迈雄健的人便更为激进。且不知宋代的儒学穿凿附会，汉代的儒学更是穿凿附会。郑玄凭主观推断的说法，如用麒麟皮作鼓在郊外祭祀天地之类，实在是太多了。当时的孔融、虞翻对此早已有所驳正。孟子尊守古代君王的治世之道，期望后来的学者能有更大的作为；即或如此对周王室的爵位俸禄的典章制度，仍感到知道得不够详尽。他还说：“完全相信书上的话不如没有书。”何况后来的人呢？杨慎有两句诗说得很好：“三代后无真理学，六经中有伪文章。”

评点

袁枚很赞同孟子所说的“尽信书不如无书”那句话。当然袁枚并不是认为读书不重要，正相反，他主张即使天分极高的人也不可废弃学问。他在《续诗品》第三首中写道：“万卷山积，一篇吟成。诗之与书，有情无情。”认为作诗与读书绝不是没有关系的。他只是反对迷信书、“死读书”的做法。古人的书中不都是一无错处的，“六经中有伪文章”，郑玄注经常有“臆说”，何况是其他的书了！因此不能毫无分辨地兼收并蓄，应仔细辨别，择其善者而从之。否则，就不如不去读书了。

善学不善学

原文

后之人未有不学古人而能为诗者也。然而善学者，得鱼忘筌；不善学者，刻舟求剑。

译文

后来的人没有不学习古人而能写出好诗来的。然而善于向古人学习的人，吸取古人的精神，遗弃其形式；不善于向古人学习的人，则拘泥固执，不知道变通。

评点

对于一个诗人，学习古人的诗是很重要的。袁枚认为不学习古人是写不好诗的。但他认为更为重要的是如何向古人学习，其中有善学与不善学之分。善于学习的人，学的是古人的精神和方法，对于外在的形式则可以忽略不计；不善于学习的人，仅学到皮毛，学不到精神实质，结果是泥古不化，适得其反。

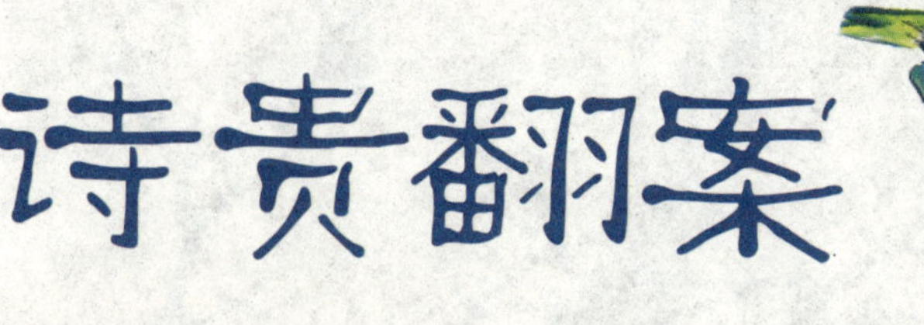

诗贵翻案

原文

诗贵翻案：神仙，美称也；而昔人曰："丈夫生命薄，不幸作神仙。"杨花，飘荡物也；而昔人云："我比杨花更飘荡，杨花只有一春忙。"长沙，远地也；而昔人云："昨夜与君思贾谊，长沙犹在洞庭南。"龙门，高境也；而昔人云："好去长江千万里，莫教辛苦上龙门。"白云，闲物也；而昔人云："白云朝出天际去，若比老僧犹未闲。""修到梅花"，指人也；而方子云见赠云："梅花也有修来福，着个神仙作主人。"皆所谓更进一层也。

译文

诗的内容能推翻前人的定论才好：如神仙，是备受赞美的；但从前有人写出这样的诗句："丈夫生命薄，不幸作神仙。"杨花，属于轻浮飘荡的东西；但从前有人写出这样的诗句："我比杨花更飘荡，杨花只有一春忙。"长沙，是偏远的地方，但从前有人写出过这样的诗句："昨夜与君思贾谊，长沙犹在洞庭南。"龙门，是至高的境地；但从前有人写出这样的诗句："好去长江千万里，莫教辛苦上龙门。"白云，是悠闲之物；但从前有人写出这样的诗句："白云朝出天际去，若比老僧犹未闲。""修到梅花"，本指人的修养而言；但方子云在赠人诗中写道："梅花也有修来福，着个神仙作主人。"都是所说的更进一层的意思。

评点

袁枚所说的"诗贵翻案"，指的是与习惯的说法和看法相反或更进一层的意思。因为这样做才不落俗套，才会有新意。否则人云亦云，甚至拾人牙慧，便永远是平庸之作。做好翻案文章，诗人要善于深入开掘，还要学会逆向思维。

饮酒与唱曲

原文

余性不饮酒，又不喜唱曲，自惭窭人子，故音律一途，幼而失学。偶读桐城张文和公《元夕寄弟药斋》诗云："亦知令节休虚度，其奈疏慵本性何？天与人间清净福，不能饮酒厌闻歌。"公为大学士文端公之子，一生富贵，而独缺东山丝竹之好，何耶？岂金星不入命之故耶？余亲家徐题客，健庵司寇孙也，五岁能拍板歌，见外祖京江张相国，相国爱之，抱置膝上，乳母在旁夸曰："官官虽幼，竟能歌曲。"相国怫然曰："真耶？"曰："真也！"相国推而掷之曰："若果然，儿没出息矣！"两相国性情相似。后徐竟坎壈，为人司音乐，以诸生终。自嘲云："文章声价由来贱，风月因缘到处新。"此语，题客亲为余言。

译文

我本性不善饮酒，又不喜欢唱曲子，自己惭愧出身于贫寒之家，因此音律声乐这件事，从小便没有机会学。偶然读到桐城张文和先生《元夕寄弟药斋》诗中写道："亦知令节休虚度，其奈疏慵本性何？天与人间清净福，不能饮酒厌闻歌。"张文和先生是大学士张英的公子，一生享尽荣华富贵，偏偏对音乐没有兴趣，为什么呢？难道是命中注定与音乐无缘吗？我的亲家徐题客是司寇徐乾学之孙，五岁时便能击打着节拍唱曲，见到外祖父京江张相国，张相国很喜爱他，将他抱在膝上，乳母在一旁夸奖说："小官人虽然年幼，竟然能唱曲子。"张相国很不高兴地说："是真的吗？"乳母说："是真的！"张相国将他推到旁边说："如果是真的，这个孩子没出息了！"两位相国大人性情很相近。徐题客长大后竟多有坎坷，给人家伴奏乐器，直到终老还是个诸生。曾作诗自嘲："文章声价由来贱，风月因缘到处新。"这些话，是徐题客亲自和我说的。

评点

将唱曲视为低贱之事，是旧社会的传统观念，徐题客小时因会唱曲，外公斥责他没出息。长大后以演奏乐器为业，更被人瞧不起。他所作的自嘲诗“文章声价由来贱，风月因缘到处新”，颇见性情，写诗作文也并不高贵，未必比他强多少，也够辛辣的了。袁枚因自幼家贫，从小与唱曲无缘，遂使终生养成不饮酒、不喜唱曲的习惯。使他能集中精力从事诗文写作，当然是个很大长处。但喜欢唱曲，精通音律，对诗文写作未必不是好事。苏轼曾对友人说：“平生有三不如人处：着棋不如人，饮酒不如人，唱曲不如人。”有人批评苏轼的词有些“不入腔”，可能与他不会唱曲有些关系吧？

咏物与咏史

原文

咏物诗无寄托，便是儿童猜谜。读史诗无新义，便成《二十一史弹词》。虽着议论，无隽永之味，又似史赞一派，俱非诗也。余最爱常州刘大猷《岳墓》云：“地下若逢于少保，南朝天子竟生还。”罗两峰《咏始皇》云：“焚书早种阿房火，收铁还留博浪椎。”周钦来《咏始皇》云：“蓬莱觅得长生药，眼见诸侯尽入关。”松江徐氏女《咏岳墓》云：“青山有幸埋忠骨，白铁无辜铸佞臣。”皆妙。尤隽者，严海珊《咏张魏公》云：“传中功过如何序，为有南轩下笔难。”冷峭蕴藉，恐朱子在九泉，亦当干笑。海珊自负咏古为第一，余读之果然。《三垂冈》云：“英雄立马起沙陀，奈此朱梁跋扈何？赤手难扶唐社稷，连城犹拥晋山河。风云帐下奇儿在，鼓角灯前老泪多。萧瑟三垂冈下路，至今人唱百年歌。”

译文

咏物诗如果没有寄托，便是儿童所猜的谜语。咏史诗如果没有新意，便成了《二十一史弹词》。虽然加上一些议论，如果没有隽永的韵味，又会如同咏史的赞词一样，都不是真正的诗。我最喜爱常州刘大猷《岳墓》诗中的句子：“地下若逢于少保，南朝天子竟生还。”罗聘《咏始皇》诗中的句子：“焚书早种阿房火，收铁还留博浪椎。”周钦来《咏始皇》诗中的句子：“蓬莱觅得长生药，眼见诸侯尽入关。”松江徐氏女《咏岳墓》诗中的句子：“青山有幸埋忠骨，白铁无辜铸佞臣。”都很精妙。更为隽永的，如严海珊《咏张魏公》诗中的句子：“传中功过如何序，为有南轩下笔难。”冷峻孤峭，含蓄蕴藉，恐怕朱熹在九泉之下也会发出无奈的笑声。严海珊自信咏史诗作得最好，我读过之后觉得果然如此。如《三垂冈》诗写道：“英雄立马起沙陀，奈此朱梁跋扈何？赤手难扶唐社稷，连城犹拥晋山河。风云帐下奇儿在，鼓角灯前老泪多。萧瑟三垂冈下路，至今人唱百年歌。”

评点

没有寄托的咏物诗，便是小孩子猜的谜语；没有新意的咏史诗，便是以历史为题材的弹词，即或加上议论，如没有韵味，也只是一篇史赞罢了。袁枚这些话，虽然说得很尖刻，但却很有道理。袁枚在这里所列举的咏史的诗句，都颇有新意，诗味很浓。如徐氏女《咏岳墓》诗写道：“青山有幸埋忠骨，白铁无辜铸佞臣。”从“青山”与“白铁”这个角度落笔，可称得上立意新，构思巧了。千百年来为人们所传诵，并刻在岳墓的两侧。

才大志小

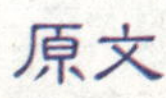

原文

余尝语人云：“才欲其大，志欲其小。才大，则任事有余；志小，则愿无不足。孔北海志大才疏，终于被难。邴曼容为官不肯过六百石，没齿晏然。”童二树诗云：“所欲不求大，得欢常有余。”真见道之言。

译文

我曾经对人说：“希望才能大一些，志愿小一些。才能大，办事情会有余力；志愿小，愿望会得到满足。孔融志大才疏，终于被曹操所杀。邴丹做官不肯接受超过六百石的俸禄，老百姓无论老幼都安适自在。”童钰写有这样的诗句：“所欲不求大，得欢常有余。”真是有道德明道理的话。

评点

志大才疏，是某些文人常犯的毛病。这种人，常常是大事做不来，小事不愿做。到头来，终身潦倒，一事无成。袁枚主张“才欲其大，志欲其小”。并以古人孔融、邴丹正反两个方面的例子来说明这个道理。颇能使人受到启迪。当然，身有大才，胸怀大志，大处着眼，小处做起，可能会有更大的成功。

知难而进

原文

夫用兵，危事也；而赵括易言之，此其所以败也。夫诗，难事也；而豁达李老易言之，此其所以陋也。唐子西云：“诗初成时，未见可訾处，姑置之，明日取读，则瑕疵百出，乃反复改正之。隔数日取阅，疵累又出，又改正之。如此数四，方敢示人。”此数言，可谓知其难而深造之者也。然有天机一到，断不可改者。余《续诗品》有云：“知一重非，进一重境；亦有生金，一铸而定。”

译文

带兵作战，是很危急的事情；但是赵括把它说得很容易，因此他打了大败仗。写诗，是一件很艰难的事情；但是豁达李老把它说得很容易，因此他所作的诗很粗陋。唐庚说：“诗刚写成的时候，看不出有什么毛病，暂时把它放下，待明日再拿出来看，便会发现很多毛病，于是反复进行修改。隔一些天再拿出来看，又会发现一些毛病，再修改。如此修改三四次之后，才有勇气拿出来给别人看。”这些话，可称得上是深知写诗之难而又造诣颇深的人了。然而也有灵感来了一挥而就，决不须再改的情况。我在《续诗品》中写道：“知一重非，进一重境；亦有生金，一铸而定。”

评点

写作诗文本来是件难事，如果把它看得很容易，率而操觚，必然写不出好作品。只有懂得作诗的艰难，才会认真对待，谨慎从事。袁枚在《续诗品》第十四首中也写道：“赵括小儿，兵乃易用。充国晚年，愈加持重。”作诗也和用兵一样，纸上谈兵，谈何容易，最终必然导致失败。而西汉的赵充国却深知用兵之难，到了晚年更加谨慎稳重了。也只有深知作诗之难，才能做到不厌其烦地反复修改。谢榛《四溟诗话》写道：“诗不厌改，贵乎精也。”杜甫在《解闷十二首》之七写道：“新诗改罢自长吟。”在某种意义上说，好诗都是改出来的。袁枚论诗从不绝对，他同时承认“亦有生金，一铸而定”的情况，所谓“天机一到，断不可改者”，有时诗人基于某种感受与触发，灵感一到，一气呵成，自成佳作，无须修改，也确实存在。

“露”与“剩”

原文

《西河诗话》载：曹能始先生《得家信》诗：“骤惊函半损，幸露语平安。”以为佳句。一客谓：“‘露’字不如‘剩’字之当。大抵‘平安’注函外，损余曰‘剩’，若内露，不必巧值此字矣。”人以为敏。余独谓不然。“剩”字与“半”字不相叫应，函不过半损，则剩者正多，不止“平安”二字。“幸露语平安”，正是偶然触露，所以羁旅之情，为之惊喜耳。若曰不必巧值，则又何以知其必不巧值耶？

译文

毛奇龄《西河诗话》记载：曹学佺先生《得家信》诗中有这样的句子：“骤惊函半损，幸露语平安。”自认为是佳句。一位客人说：“‘露’字不如‘剩’字准确。大体说来‘平安’两个字露在信封外，还没被破损才剩余下来，如果‘平安’两个字在信封内，便不必精心安排这个字了。”人们认为他的这种看法很锐敏。我却不同意他的看法。“剩”字与“半”字不相呼应，信封不过损坏了一半，剩下来的字还有很多，不只是“平安”两个字。"幸露语平安"，正说明是偶然露出来被看到了，所以对于一个满怀乡愁的游子来说，才会为之惊喜。如果说不必精心安排这个字，那又怎么知道必定不是精心安排的呢？

评点

"骤惊函半损，幸露语平安"，一个作客他乡的游子，收到家中来信，因路途遥远，几经辗转，信封已经破损，令他惊喜的是破损处露出了"平安"二字。表述了游子怀念家乡的羁旅之情，是很不错的两句诗。竟然有人自作聪明，吹毛求疵，计较信封破损的程度，信封所剩字的多少，实在是大无意绪。袁枚将计就计地较起真来，意在肯定这句诗，批驳不正当的评诗做法，实际也是指出毛奇龄《西河诗话》的不足之处。

春兰秋菊各一时

原文

人或问余以本朝诗，谁为第一？余转问其人，《三百篇》以何首为第一？其人不能答。余晓之曰：诗如天生花卉，春兰秋菊，各有一时之秀，不容人为轩轾。音律风趣，能动心目者，即为佳诗；无所谓第一、第二也。有因其一时偶至而论者，如"不愁明月尽，自有夜珠来"一首，宋居沈上。"文章旧价留鸾掖，桃李新阴在鲤庭"一首，杨汝士压倒元、白是也。有总其全局而论者，如唐以李、杜、韩、白为大家，宋以欧、苏、陆、范为大家，是也。若必专举一人，以覆盖一朝，则牡丹为花王，兰亦为王者之香；人于草木，不能评谁为第一，而况诗乎？

译文

有人问我当代的诗作，哪一首第一？我反问这个人，《诗经》中的诗哪一首第一？这个人不能回答我。我告诉他说：诗如同天然生长

的花草，春天的兰花秋天的菊花，各自都是一个季节最秀美的花，不应该人为地分出高低优劣。音韵声律美又有风趣，能使人赏心悦目，便是好诗；无所谓第一还是第二。有因为一时偶然感悟而写出好诗以此来论优劣，如“不愁明月尽，自有夜珠来”一首诗，宋之问便在沈佺期之上。“文章旧价留鸾掖，桃李新阴在鲤庭”一首，杨汝士便压倒了元稹、白居易。还有就总体全局来论优劣，如唐代以李白、杜甫、韩愈、白居易为大家，宋代以欧阳修、苏轼、陆游、范成大为大家，就是这样。如果必定要只举出一个人，来覆盖一个朝代，那么牡丹是花中之王，兰花是花中最香的花：人对于花草，无法评出谁为第一，何况对于诗呢？

评点

袁枚不赞同对诗或诗人简单地评判第一第二，诗或诗人都各有特点，春兰秋菊，各为一时之秀。只要能令人感动的便都是好诗。而且所谓先后优劣，还要看从何种角度去评判。有时是一时偶然所至，如杨汝士压倒元白的故事。杨汝士，字慕巢，唐代宝历年间进士。诗名根本无法与元稹、白居易相比。在一次宴会上，在座的人各赋诗一首，杨汝士诗后成，诗中有句写道：“文章旧价留鸾掖；桃李新阴在鲤庭。”当时元稹、白居易亦在座，对杨汝士的诗大为叹服。杨汝士当日大醉，回府后对子弟们说：“我今日压倒元白！”这是就一时一事而言，难道能以此将杨汝士列在元、白之前吗？袁枚这种观点坚持从实际出发，避免绝对武断的错误倾向，是合乎情理的。

先取真意

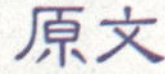

原文

王阳明先生云：“人之诗文，先取真意；譬如童子垂髫肃揖，自有佳致。若带假面伛偻，而装须鬓，便令人生憎。”顾宁人与某书云：“足下诗文非不佳；奈下笔时，胸中总有一杜一韩放不过去，此诗文之所以不至也。”

译文

明代学者王守仁先生说："一个人的诗文，最重要的是要有真意；有如小孩子垂着头发对人认真地作揖礼让，自然有一种美好的风韵。如果戴着假面具故意伛偻着身子，再戴上胡须，便令人厌恶。"顾炎武给某人的信中写道："您的诗文不是不好，无奈下笔的时候，心中总有一个杜甫一个韩愈忘不了，因此您的诗文还不能达到更高的境界。"

评点

袁枚所倡导的性情，即人纯真的天性。诗文的情感不真，便难以感人，因此"真"是第一位的，应"先取真意"。他认为有的诗人所以不真，是摹仿古人造成的，"胸中总有一杜一韩放不过去"，诗人的性情便泯灭了，好像戴着假面具，令人生厌。这既是对沈德潜拟古泥古的格调说的反驳，也是对主神韵的王士祯的某些诗"主修饰，不主性情"因此"喜怒哀乐之不真"所下的针砭。

总督衙门的担水夫

原文

王梦楼侍讲云："诗称家数，犹之官称衙门也。衙门自以总督为大，典史为小；然以总督衙门之担水夫，比典史衙门之典史，则以宁为典史，而不为担水夫。何也？典史虽小，尚属朝廷命官；担水夫衙门虽尊，与他无涉。今之学杜、韩不成，而矜矜然自以为大家者，不过总督衙门之担水夫耳。"叶横山先生云："好摹仿古人者，窃之似，则优孟衣冠；窃之不似，则画虎类狗。与其假人余焰，妄自称尊；孰若甘作偏裨，自领一队？"

译文

王梦楼侍讲说："诗人标榜自己属于哪家哪派，好像做官的标榜自己是哪个衙门的一样。衙门自然以总督衙门为最大，以典史衙门为最小；然而以总督衙门的担水夫，与典史衙门的典史相比，便宁肯做典史，而不去做担水夫。为什么呢？因为典史官虽小，尚且属于朝廷命官；担水夫所在的衙门虽大，却与他没有关系。如今写诗的人学习杜甫、韩愈没有学成，而夸耀自己是大家，这种人只不过是总督衙门中的担水夫罢了。"叶衡山先生说："好摹仿古人的人，如果摹仿得像，也只是优孟衣冠徒有其表；如果摹仿得不像，便是画虎不成反类犬了。与其借别人的余光，妄自尊大，不如甘心做一个偏将，自己带领一队人马。"

评点

某些人标榜自己诗学杜甫、韩愈，并以此盛气凌人，不可一世。袁枚称这种人是"总督衙门之担水夫"，"衙门虽尊，与他无涉"。其锋芒所指仍是沈德潜的格调说，只尊崇杜甫、韩愈一派，如立足权贵之门，仗势欺人。他在《再答李少鹤书》中写道："自古名家诗俱可诵读，猎取精华，比如黄蜂造蜜，聚百卉以成甘，不可节女守贞，抱一夫而不嫁。""在古人，清奇浓淡，业已成名而去，我辈独树一帜，则不得不兼览各家，相题行事。"袁枚的这些主张是较为全面的，有利于克服当时诗坛所存在的偏颇、狭隘的弊端。

暗中用典

原文

严海珊《咏桃花》云："怪他去后花如许，记得来时路也无。"暗中用典，真乃绝世聪明。

译文

严海珊《咏桃花》诗写道："怪他去后花如许，记得来时路也无。"上下句都是在暗中用典，真是最聪明了。

评点

“怪他去后花如许”，用刘禹锡《游玄都观》诗“玄都观里桃千树，尽是刘郎去后栽”的典故；“记得来时路也无”，用陶潜《桃花源记》渔人再来时“不复得路”、“遂无问津者”的典故。诗人都没有直接点明，而是暗中使用。这两个典故又与咏桃花题意十分贴切。暗中用典的好处是自然而不露痕迹，读者甚至无从察觉。因此袁枚称赞这首诗的作者“真乃绝世聪明”。

无意于传诗传名

原文

最爱周栎园之论诗曰：“诗、以言我之情也，故我欲为则为之，我不欲为则不为。原未尝有人勉强之，督责之，而使之必为诗也。是以《三百篇》称心而言，不著姓名，无意于诗之传，并无意于后人传我之诗。嘻！此其所以为至与！今之人，欲借此以见博学，竞声名，则误矣！”

译文

我最喜爱周亮工论诗的说法：“作诗，只为表达我的性情，因此我想写诗就写，我不想写诗就不写。本来就不曾有谁来强迫我、催促我、要求我必须写诗。《诗经》中的诗都是为表述心志而作的，不标明诗作者的姓名，没想到要用诗来传名，并且没想到后人传诵我写的诗。啊！正因为如此，《诗经》中的诗才达到了最高的艺术境界！如今写诗的人，想凭借诗来显示自己渊博，争名逐利，这是错误的！”

评点

如今有些人，借作诗来卖弄学问，沽名钓誉，这是很错误的。诗，应该是诗人情感的自然流露，不是谁来强迫诗人一定要作诗。也不是为了传诗传名于后世。《诗经》中的诗，连诗人的名字都不标明，正因为这样，《诗经》中的诗才达到了最高的艺术境界。袁枚赞同周亮工这种观点，功利目的和实用主义观点，对诗文写作都是有害无益的。

不失赤子之心

原文

余常谓：诗人者，不失其赤子之心者也。沈石田《落花》诗云："浩劫信于今日尽，痴心疑有别家开。"卢仝云："昨夜醉酒归，仆倒竟三五。摩挲青莓苔，莫嗔惊着汝。"宋人仿之，云："池昨平添水三尺，失却捣衣平正石。今朝水退石依然，老夫一夜空相忆。"又曰："老僧只恐云飞去，日午先教掩寺门。"近人陈楚南《题背面美人图》云："美人背倚玉阑干，惆怅花容一见难。几度唤他他不转，痴心欲掉画图看。"妙在皆孩子语也。

译文

我经常说：作为一个诗人，不能失去像小孩子那样纯洁的心灵。明代诗人沈周《落花》诗中的句子："浩劫信于今日尽，痴心疑有别家开。"唐代诗人卢仝的诗："昨夜醉酒归，仆倒竟三五。摩挲青莓苔，莫嗔惊着汝。"宋朝有人摹仿这首诗，写道："池昨平添水三尺，失却捣衣平正石。今朝水退石依然，老夫一夜空相忆。"又写道："老僧只恐云飞去，日午先教掩寺门。"近人陈楚南《题背面美人图》写道："美人背倚玉阑干，惆怅花容一见难。几度唤他他不转，痴心欲掉画图看。"好就好在都是小孩子话语。

评点

袁枚的性灵说，兼有诗情与诗才两个方面，而诗情的关键是真。情真意切，才能感动读者。所谓"赤子之心"，亦即童心，也就是真情。李贽《童心说》写道："夫童心者，绝假存真，最初一念之本心也。""天下之至文，未有不出于童心焉者也。"袁枚显然继承了李贽这一观点，强调"诗人者，不失其赤子之心者也"，并举例说明，认为这些诗句"妙在皆孩子语也"。

袁枚所说的"赤子之心"、"孩子语"，同样是有感而发的，当时诗坛上的格调诗、考据诗等的要害是性情不真。杜甫《赠王二十四侍御契四十韵》诗写道："直取性情真。"性情真是诗生命力之所在。

萃天地之清气

原文

黄黎洲先生云："诗人萃天地之清气，以月露风云花鸟为其性情。月露风云花鸟之在天地间，俄顷灭没，惟诗人能结之于不散。"先生不以诗见长，而言之有味。

译文

黄宗羲先生说："诗人胸中凝集着天地间的清新之气，凭借着月露风云花鸟来抒发他的性情。月露风云花鸟在天地之间，很快便消失了，只有诗人能捕捉到它们写于诗中而不散落。"先生并不擅长写诗，而这些谈论有关诗的话语很有味道。

评点

袁枚认为黄宗羲这段话"言之有味"，因为这段话阐述了文学与生活的关系这一重要命题，即诗来源于生活，又比生活中的自然形态更集中更典型，因此也就更美好。孔子论诗所说的"兴、观、群、怨"的"可以观"，既是可以体察民风民情，又可供观赏使人赏心悦目，这又是诗的审美价值所在。

矢口而成

原文

常宁欧永孝序江宾谷之诗曰："《三百篇》、《颂》不如《雅》，《雅》不如《风》。何也？《雅》、《颂》，人籁也，地籁也，多后王、君公、大夫修饰之词。至十五《国风》，则皆劳人、思妇、静女、狡童矢口而成者也。《尚书》曰：'诗言志。'《史记》曰：'诗以达意。'若《国风》者，真可谓之言志而能达矣。"宾谷自序其诗曰："予非存予之诗也；譬之面然，予虽不能如城北徐公之面美，然予宁无面乎？何必作窥观焉？"

译文

常宁的欧永孝在为江昱的诗所作的序言中写道："《诗经》中的诗，《颂》不如《雅》，《雅》不如《风》。为什么呢？因为《雅》和《颂》中的诗，'人籁也，地籁也'都是为某种功利而写出来的，大多是王公大臣们歌功颂德赞美修饰的言词。至于十五《国风》，都是劳苦的男人、幽怨的妇女、年轻的姑娘、顽皮的少年信口歌唱出来的。《尚书》中写道：'诗能够表述人的心志。'《史记》中写道：'诗可以表达人的心意。'如《国风》中的诗，真可以说是表述心志表达心意的了。"江昱在为他自己的诗所作的序言中写道："我不是为了将我的诗存留下去；比如人的脸面，我虽然没有城北徐公那样美的相貌，然而我怎么能没有脸面呢？我只是想把脸面露出来何必让别人窥视才能见到呢？"

评点

《诗经》中的诗，《颂》不如《雅》，《雅》不如《风》。因为《国风》中的诗，都是劳苦大众、平民百姓，为表达心志，信口吟咏出来的。没有功利的目的，不追求词藻的华美，自然真实，有如一片天籁，所以感人至深。所谓"矢口而成"，就是自然流露，这是最可贵之处。

应酬诗

原文

予在转运卢雅雨席上，见有上诗者，卢不喜，余为解曰：“此应酬诗，故不能佳。”卢曰：“君误矣！古大家韩、杜、欧、苏集中，强半应酬诗也。谁谓应酬诗不能工耶？”予深然其说。后见粤西学使许竹人先生自序其《越吟》云：“诗家以不登应酬作为高。余曰：不然。《三百篇》，行役之外，赠答半焉。建自河梁洎李、杜、王、孟，无集无之。己实不工，体于何有？万里之外，交生情，情生文；存其文，思其事，见其人，又可弃乎？今而可弃，昔可无赠；毋宁以不工规我。”

译文

我在转运使卢见曾座席上，看见有人来献诗，卢见曾不喜欢这首诗，我对他解释说：“这属于应酬一类的诗，所以很难写得好。”卢见曾说：“您错了！古代的大诗人如韩愈、杜甫、欧阳修、苏轼的诗集中，大半都是应酬诗。谁说应酬诗不能精妙呢？”我很赞同他的说法。后来看见粤西学使许竹人先生在为自己的《越吟》诗所作的序言中写道：“诗人们都以为不写作应酬一类的诗为高雅。我说：不是这样。《诗经》中的诗，除了因劳役而远别的内容之外，相互赠答应酬的诗有一半之多。自苏武、李陵河桥赠别诗到李白、杜甫、王维、孟浩然，没有哪一位诗人的诗集中没有应酬之作的。自己写得不好，与应酬诗这种形式有什么关系？相别万里之外，彼此思念之情，表述在诗文中；保存这样的诗文，思念往事，如见其人，这样的诗能够废弃吗？如今可以废弃的话，古时便可以没有这类应酬诗了；怎么可以用‘应酬诗难以写好’这类话来规范我呢！”

评点

“应酬诗，故不能佳”，这是一些人的片面看法。确实有些所谓的应酬诗，敷衍塞责，成为应付场面的应景之作，无什么艺术价值可言。正是这类诗，败坏了应酬诗的名声。如果确有真情实感，“万里之外，交生情，情生文；存其文，思其事，见其人”，这样的诗虽属应酬，也是佳作。更何况名家名作中赠答应酬的诗之不胜枚举，不可贬低抹煞。袁枚能以自己为例，坦诚地认识到这种看法的片面性，这种实事求是的治学态度也是很可贵的。

诗如言也

原文

诗，如言也，口齿不清，拉杂万语，愈多愈厌。口齿清矣，又须言之有味，听之可爱，方妙。若村妇絮谈，武夫作闹，无名贵气，又何藉乎？其言有小涉风趣，而嚅嚅然若人病危，不能多语者，实由才薄。

译文

作诗，如同一个人说话一样，口齿不清楚，拉拉杂杂没完没了，说得越多越使人生厌。不仅口齿要清楚，还须说得有趣味，听的人喜欢，这才是好。如果像乡村的老妇人那样絮叨，像一个粗野的武人那样打闹，毫没有典雅贵重的气息，又有什么含蓄蕴藉可言呢？有的诗语言虽然有一点风趣，但吞吞吐吐如同一个病危的人在说话，不能尽情去说，实在是由于才力薄弱的原因。

评点

在这则诗话里，袁枚对诗提出三点要求：一、不能“口齿不清”，应音节响亮，朗朗上口；二、不能“拉杂万语”，语言应精练、含蓄，言有尽而意无穷；三、“须言之有味”，要有韵味、趣味、余味，总之要有诗味。这三点要求，是很重要的，也是最基本的。

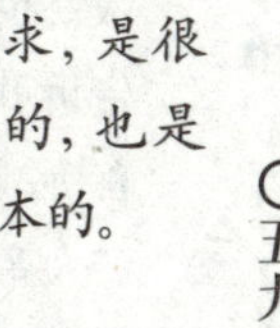

勿改少作

原文

诗不可不改；不可多改。不改，则心浮；多改，则机窒。要像初拓《黄庭》，刚到恰好处。孔子曰："中庸不可能也。"此境最难。予最爱方扶南《滕王阁》诗云："阁外青山阁下江，阁中无主自开窗。春风欲拓滕王帖，蝴蝶入帘飞一双。"叹为绝调。后见其子某云："翁晚年嫌为少作，删去矣。"予大惊，卒不解其故。桐城吴某告予云："扶南三改《周瑜墓》诗，而愈改愈谬。"其少作云："大帝君臣同骨肉，小乔夫婿是英雄。"可称工矣。中年改云："大帝誓师江水绿，小乔卸甲晚妆红。"已觉牵强。晚年又改云："小乔妆罢胭脂湿，大帝谋成翡翠通。"真乃不成文理！岂非朱子所谓"三则私意起而反惑"哉？扶南与方敏恪公为族兄，敏恪寄信，苦劝其勿改少作，而扶南不从。方知存几句好诗，亦须福分。

译文

诗不能不修改；也不可以多修改。不修改，便轻率浮躁；过多修改，机警灵活便被窒息。要像初拓《黄庭经》的碑文那样，做得恰到好处。孔子说："不偏不倚是无法做得到的。"恰到好处是最难的。我最喜欢方世举《滕王阁》诗："阁外青山阁下江，阁中无主自开窗。春风欲拓滕王帖，蝴蝶入帘飞一双。"真是达到了最高的艺术境界。后来见到他的儿子说："家父晚年时厌恶年轻时的诗作，结集将这首诗删除了。"我大为惊疑，最终也不知道什么原因。桐城一位姓吴的人告诉我说："方世举三次修改《周瑜墓》那首诗，越修改越谬误。"年轻时的初稿写道："大帝君臣同骨肉，小乔夫婿是英雄。"可以说是很精妙了。中年时修改为："大帝誓师江水绿，小乔卸甲晚妆红。"已经使人感觉到很牵强了。晚年又修改为："小乔妆罢胭脂湿，大帝谋成翡翠通。"真是改得文理不通了！莫非如朱熹所说的"自己反复考虑反倒糊涂了"吗？方世举与方敏恪先生是同族兄弟，方敏恪曾给方世举寄信，苦心劝他不要改年轻时的诗作，但是方世举不听。通过这件事才知道能保存下几句好诗，也是很不容易的。

评点

袁枚曾反复强调诗不厌改，同时也指出“不可多改”。所谓“多改”，不是指修改次数的多少，而是指那种没有真知灼见的“擅改”。他特别指出对年轻时的诗文，更不要轻易改动，即所谓“勿改少作”。一个人中老年时的境遇、心情与青少年时是大不一样的，因此修改青少年时的诗作便很难改好，常常是越改越坏。袁枚以方世举三改《周瑜墓》诗为例，改到最后，竟至“不成文理”了。最后发出“方知存几句好诗，亦须福分”的感叹！

可伸可屈 能放能收

原文

诗虽奇伟，而不能揉磨入细，未免粗才。诗虽幽俊，而不能展拓开张，终窘边幅。有作用人，放之则弥六合，收之则敛方寸，巨刃摩天，金针刺绣，一以贯之者也。诸葛躬耕草庐，忽然统师六出；蕲王中兴首将，竟能跨驴西湖；圣人用行舍藏，可伸可屈，于诗亦可一贯。书家：北海如象，不及右军如龙，亦此意耳。余尝规蒋心余云：“予气压九州矣；然能大而不能小，能放而不能敛，能刚而不能柔。”心余折服曰：“吾今日始得真师。”其虚心如此。

译文

诗虽然写得雄奇壮伟，但如果不能细致入微，也只能称得上是粗才。诗虽然写得幽深俊秀，但如果不能放开笔抒写，终究会显得窘迫局促。有才能的人，放开能充满天地之间，收回来只有方寸之大，能像长剑那样刺破青天，也能像绣花针那样在绢上刺绣，都可以做得到。诸葛亮身居茅庐躬耕南亩，忽然出山统领大军作战；韩世忠是南宋抗金名将，竟然能骑着驴优游西湖。孔子用之则行舍之则藏，能伸能屈，对于诗来说也可以坚持这样做。书法家，李邕的字如同大象那样雄壮，不如王羲之如同游龙那样自如，也是这样的意思。我曾经规劝蒋士铨说："您的诗气势可以说是天下之冠，但您能大不能小，能放不能收，能刚不能柔。"士铨特别服气地说："我今天才找到了真正的老师。"他是这样的虚心。

评点

袁枚的诗与蒋士铨、赵翼齐名，世称"江右三大家"。袁枚曾指出蒋士铨的诗"能大而不能小，能放而不能敛，能刚而不能柔"，蒋士铨对此心悦诚服，并称袁枚为"真师"。蒋士铨诗的这三点不足之处，是由于不能精雕细刻，不能深入开掘所致。一个诗人能做到刚柔相济、小大由之，当然不是一件易事，作为努力的方向还是应该的。

万死投荒尚有情

原文

古之忠臣、孝子，皆情为之也。胡忠简公劾秦桧，流窜海南，临归时，恋恋于黎倩；此与苏子卿娶胡妇相类。盖一意孤行之士，细行不矜，孔子所谓"观过知仁"，正此类也。乃朱子讥之云："十年浮海一身轻，归对黎涡恰有情。世上无如人欲险，几人到此误平生。"高守村和云："批鳞一疏死生轻，万死投荒尚有情。不学遯翁捧著草，甘心箝口自偷生。"

译文

古时候的忠臣、孝子，都是有真情的人。胡铨上书弹劾秦桧，被流放到海南，归来时，眷恋于在海南的情人黎倩；这与苏武羁留胡地娶胡女为妻很相似。大体说来性格坚定固执的人，多不拘细节，孔子所说的"看一个人的错处便知道他的仁德"，正是这种情况了。朱熹讥讽胡铨在诗中写道："十年浮海一身轻，归对黎涡恰有情。世上无如人欲险，几人到此误平生。"高守村在和诗中写道："批鳞一疏死生轻，万死投荒尚有情。不学遯翁捧蓍草，甘心箝口自偷生。"

评点

袁枚论诗力主性灵，重在一个“情”字。在这里他以胡铨相恋于蛮女，苏武娶妻于胡妇为例，阐述自古忠臣烈士无不是有情之人。因此诗是应该表达人的性情的。朱熹则以理学家的面孔讥讽胡铨相恋于黎倩，抬出“存天理灭人欲”的教规，在诗中写道：“世上无如人欲险，几人到此误平生。”将人的本应具有的性情说到如此可怕的程度。难怪袁枚将理学家们作为“性灵说”的主要论敌之一了。

但得流传不在多

原文

商宝意诗集刻成，有人摘其疵累，余为怅然。仲小海曰：“但愿人生一世，留得几行笔墨，被人指摘，便是有大福分人。不然，草亡木卒，谁则知之？而谁议之？”余谓此言沉痛，深得圣人疾没世无名之意。然古来曹蜍、李志，又转以庸庸而得存其名，岂非不幸中之幸耶？宝意先生有句云：“明知爱惜终须割，但得流传不在多。”

译文

商盘的诗集刻印之后，有人对他的诗吹毛求疵，我为此感到心里很不痛快。仲小海说：“但愿人生一世，能留下来几行诗文，被人批评指摘，这个人就有很大的福分了。不然的话，像草木那样自生自灭，有谁能知道他，有谁来议论他呢？”我认为这话说得很沉痛，很符合孔子担心不能名传后世的意思。然而古代的曹蜍、李志这两个人，又因为他们愚昧昏庸反而使他们的名字留存下来，莫非是不幸中的幸事吗？商盘先生写有这样的诗句：“明知爱惜终须割，但得流传不在多。”

评点

一个诗人创作勤奋高产，无疑是难能可贵的，但结集出版时还是认真筛选宁缺勿滥为好。唐代诗人杜牧，一生写了一千多首诗，产量是很高的。据说他晚年时，对毕生创作的一千多首诗逐篇进行检校，凡认为质量不高没有保留价值的便一火焚之，只留二百首；幸亏另外还有二百多首保存在他外甥手里，加起来共有四百多首，还不到他全部诗稿的二分之一。杜牧精选诗的这种做法，既是对自己负责，更是对读者、对后人负责，值得称道。清代诗人商盘诗写道："明知爱惜终须割，但得流传不在多。"尽管他肯于"割爱"，人们对他的诗集还是多有指责，袁枚为此感慨系之，亦颇发人深思。

读书与作诗

原文

黄允修云："无诗转为读书忙。"方子云云："学荒翻得性灵诗。"刘霞裳云："读书久觉诗思涩。"我谓此数言，非真读书、真能诗者不能道。

译文

黄允修写有这样的诗句："无诗转为读书忙。"方子云写有这样的诗句："学荒翻得性灵诗。"刘霞裳写有这样的诗句："读书久觉诗思涩。"我认为这些诗句，如不是真正读书、真能写诗的人是写不出来的。

评点

对于一个诗人来说，读书与写作，是相辅相成、缺一不可的两件事。有时相互交替，有时互为弥补。没有诗兴的时候就多读些书，诗兴大发的时候便暂时将书放置一边，有时沉溺在书中的时间太长了又冲淡了诗兴。认真读书、认真作诗的人都会有同感，将这些感受写入诗中，真实亲切也很感人。

识最为先

原文

谚云："死棋腹中有仙着。"此言最有理。余平生得此益，不一而足；要之，能从人而不徇人，方妙。乐取于人以为善，圣人也；无稽之言勿听，亦圣人也。作史三长：才、学、识缺一不可。余谓诗亦如之，而识最为先。非识，则才与学俱误用矣。北朝徐遵明指其心曰："吾今而知真师之所在。"其识之谓欤？

译文

有这样一句谚语："死棋腹中有仙着。"这句话特别有道理。我平时从这句谚语中得到的好处，实在是太多了；扼要说来，能够真心诚意地服从做得对的人而不是违心地屈从别人，这样才好。愿意学习别人的长处，可以为圣人了；没有道理的话不听，也是圣人了。编写史书要具备三个方面的长处：才气、学问、认识能力，缺一不可。我说作诗也是这样，而且这三个方面其中认识能力最重要。如果认识有差错，那么才气与学问便都会随之用错地方了。北朝徐遵明指着自己的心说："我如今知道了真正的老师所在的地方。"他所说的就是他的认识能力。

评点

袁枚认为对于一个诗人来说，才、学、识，缺一不可。而在这三者之中，识最为重要。"识最为先"，是我国古代诗论的传统观点。严羽《沧浪诗话·诗辨》写道："夫学诗者以识为主。"叶燮《原诗》认为在"才识胆力"这四个方面，"要在先之以识"。所谓"识"，就是认识客观事物的能力。诗人从观察生活、选取题材、构思立意、谋篇造句，都是在"识"的统领下进行的。见识低劣，才与学便会用而不当。袁枚在《续诗品》第十首中写道："学如弓弩，才如箭簇。识以领之，方能中鹄。"以形象的比喻，来说明才、学、识三者之中"识最为先"的道理。

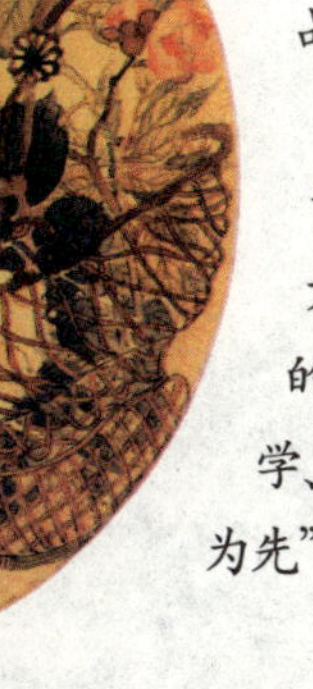

格调与性情

原文

汪舟次先生作周栎园诗序曰："《赖古堂集》欲小试神通，加以气格，未必不可以怖作者；但添出一分气格，定减去一分性情，于方寸中，终不愉快。"

译文

汪楫先生在为周亮工诗作的序言中写道："《赖古堂集》要展露一下才华，加上气韵格调，不是不能使一些写诗的人吃惊；但是增加一分气韵格调，便减去一分性情，让人在心中，总觉得不愉快。"

评点

在这一则诗话中，袁枚借用汪楫的话，论述诗的格调与性情的关系。注重格调，卖弄一点小聪明，只能是借以吓人罢了。但这样做的结果，必然削弱了诗的性情，很难使读者在内心深处受到感动。因此说只重格调而不重性情是于诗有害无益的。

求诗书中 得诗书外

原文

诗境最宽，有学士大夫读破万卷，穷老尽气，而不能得其阃奥者。有妇人女子、村氓浅学，偶有一二句，虽李、杜复生，必为低首者。此诗之所以为大也。作诗者必知此二义，而后能求诗于书中，得诗于书外。

译文

是否能写出好诗的原因很多，有些读书人读了很多很多的书，直到年老气衰的时候，也没有弄明白写诗的奥妙在哪里。有的民间妇女，乡村中没有读多少书的老百姓，偶尔作出一两句诗来，就是李白、杜甫重生，也会低头服气。这种情况正说明了写出好诗的原因是多方面的。写诗的人必须知道这两种情况，之后才能为了写好诗去多读书，在书外去寻求写诗的感受。

评点

袁枚认为学诗不读书不行，但只读书也不行，还必须于书外求得。所谓“书外”，既包括人的天分、性情，更指对生活的体验、感受。陆游《示子遹》写道：“汝果欲学诗，功夫在诗外。”讲的就是这个道理。

诗必本乎于性情

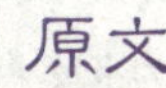

原文

千古善言诗者，莫如虞舜，教夔典乐曰：“诗言志。”言诗之必本乎于性情也。曰：“歌永言。”言歌之不离乎本旨也。曰：“声依永。”言声韵之贵悠长也。曰：“律和声。”言音之贵均调也。知是四者，于诗之道尽之矣。

译文

千古以来最善于论述诗的人，没有超过虞舜的了，他教导乐官夔时说：“诗表达人的心志。”这是说诗必须发自于人的性情。他还说：“歌能唱出人的心声。”这是说歌不能离开人的本意。他还说：“声韵要长。”这是说声音悠长才好听。他还说：“律和声。”这是说音韵要和谐才悦耳。知道这四个方面，关于诗的道理也就完全了。

评点

《尚书·尧典》所说的“诗言志”，是有关诗论的最早记述。儒家的诗教将“诗言志”与“文载道”等同起来，所谓“志”，首先是经国济世的宏图大志。袁枚赋予“诗言志”以新义，将“志”解释为心志、情志，也就是性情，作为他的“性灵说”的出处和依据。袁枚的解释，呼唤人性的回归，将人的性情作为诗的主旨，具有一定的反理学的进步意义。

不知命意所在

原文

某侍郎督学江苏，罗致知名之士，所选五古最佳，七古则不拘何题，动辄千言，引典填书，如涂涂附，杳不知其命意之所在。程鱼门阅之，掀髯笑曰：“欲吓人耶？此杨子云所谓‘鸿文无范也’，吾不受其吓矣。”

译文

某位侍郎到江苏督学，招集一些名人选诗，所选的五言古诗最好，七言古诗则不论什么题目，动不动就上千字，处处引用典故，如同在污泥上再涂抹污泥一样，使人无法知道究竟要表达什么意思。程晋芳读后，开口大笑说：“这是要吓人吗？正如扬雄所说的‘大块文章没有模式’，我不受他们恫吓。”

评点

袁枚诗论的“性灵说”，将“引典填书”的学者诗派作为主要论敌之一。在这里，袁枚以某督学选诗为例，所选七言古诗，皆为“引典填书”之作，卖弄学问，连诗的题旨都被淹没了。程晋芳嘲笑这种诗是“欲吓人也”，可谓切中要害。

诗中的理语

原文

或云："诗无理语。"予谓不然。《大雅》："于缉熙敬止"；"不闻亦式，不谏亦入"：何尝非理语？何等古妙？《文选》："寡欲罕所缺，理来情无存。"唐人："廉岂活名具，高宜近物情。"陈后山《训子》云："勉汝言须记，逢人善即师。"文文山《咏怀》云："疏因随事直，忠故有时愚。"又，宋人："独有玉堂人不寐，六箴将晓献宸旒。"亦皆理语；何尝非诗家上乘？至乃"月窟"、"天根"等语，便令人闻而生厌矣。

译文

有人说："诗中不能有抽象说理的话。"我说不是这样。《诗经·大雅》中的诗句"于缉熙敬止"；"不闻亦式，不谏亦入"：难道这不是抽象说理的话？这是多么古朴精妙？《文选》中的诗句："寡欲罕所缺，理来情无存。"唐朝人的诗句："廉岂活名具，高宜近物情。"陈师道《训子》诗中的句子："勉汝言须记，逢人善即师。"文天祥《咏怀》诗中的句子："疏因随事直，忠故有时愚。"还有，宋朝人的诗句："独有玉堂人不寐，六箴将晓献宸旒。"也都是一些说理的话，难道不是诗中上等的好诗？至于像"月窟""天根"之类的词语，让人听后便厌烦。

评点

在通常情况下，作为抒情文体的诗是不宜有过多的论述与说理，但那种深刻而有新意或富有哲理性的诗，亦不失为上乘之作。袁枚列举了大量的说理的诗句，都是绝妙好诗，来证明诗也可以有"理语"。

不说理而说理

原文

诗家有不说理而真乃说理者，如唐人《咏棋》云：“人心无算处，国手有输时。”《咏帆》云：“恰认己身住，翻疑彼岸移。”宋人：“君王若看貌，甘在众妃中。”“禅心终不动，仍捧旧花归。”《雪》诗：“何由更得齐民暖，恨不偏宜宿麦深。”《云》诗：“无限旱苗枯欲尽，悠悠闲处作奇峰。”许鲁斋《即景》云：“黑云莽莽路昏昏，底事登车尚出门？直待前途风雨恶，苍茫何处觅烟村？”无名氏云：“一点缁尘涴素衣，瘢瘢驳驳使人疑。纵教洗遍千江水，争似当初未涴时？”

译文

诗人写诗有不是在说理而真是在说理的，如唐朝人《咏棋》诗中写道：“人心无算处，国手有输时。”《咏帆》诗中写道：“恰认己身住，翻疑彼岸移。”宋朝人的诗句：“君王若看貌，甘在众妃中。”“禅心终不动，仍捧旧花归。”《雪》诗中的句子：“何由更得齐民暖，恨不偏宜宿麦深。”《云》诗中的句子：“无限旱苗枯欲尽，悠悠闲处作奇峰。”许鲁斋《即景》诗写道：“黑云莽莽路昏昏，底事登车尚出门？直待前途风雨恶，苍茫何处觅烟村？”无名氏诗：“一点缁尘涴素衣，瘢瘢驳驳使人疑。纵教洗遍千江水，争似当初未涴时？”

评点

袁枚在这则诗话中所肯定的是某些写景咏物的诗句，蕴含着某种哲理。应该说这比直接议论说理的诗句更高明，也更有韵味。这样的诗句，深刻、新颖，意在言外，袁枚称之为“不说理而真乃说理者”。

妙在没来历

原文

宋人好附会名重之人，称韩文杜诗，无一字没来历。不知此二人之所以独绝千古者，转妙在没来历。元微之称少陵云：“怜渠直道当时事，不着心源傍古人。”昌黎云：“惟古于词必己出，降而不能乃剽贼。”今就二人所用之典，证二人生平所读之书，颇不为多，班班可考，亦从不自注此句出何书，用何典。昌黎尤好生造字句，正难其自我作古，吐词为经，他人学之，便觉不妥耳。

译文

宋代文人愿意吹嘘附会名气大的人，说韩愈的文章杜甫的诗，没有一个字没有来历的。不知道这两个人的诗文所以能达到千百年的顶峰，反倒是因为他们不讲来历。元稹称赞杜甫说：“怜渠直道当时事，不着心源傍古人。”韩愈说：“惟古于词必己出，降而不能乃剽贼。”现在仅就他们二人所用过的典故，与他们平时所读的书相比，不是很多，每一样都可以考证出来，他们也从来不自己加注来说某一诗句出自什么书，所用的是什么典故。韩愈更喜欢生造字句，真是难为他将自己打扮成古人，将自己的话当做经文，别人也学他这样做，便觉得不妥当了。

评点

袁枚反对在诗中堆垛典故、淹没性情的做法，不赞同有人称韩愈的文章杜甫的诗无一字无来历的说法。认为韩文杜诗所以能千古独步，正在于没来历。杜甫诗直道当时事，不依傍古人。韩愈则词必己出，陈言务去。怎么能说字字有来历呢？袁枚的这些话，基本上是符合韩文杜诗的实际的。所谓“宋人好附会名重之人”，其实是针对与他同时的那些学者诗派而言的。

各有身份 各有心胸

原文

凡作诗者，各有身份，亦各有心胸。毕秋帆中丞家漪香夫人有《青门柳枝词》云："留淂六宫眉黛好，高楼付与晓妆人。"是闺阁语。中丞和云："莫向离亭争折取，浓阴留覆往来人。"是大臣语。严冬友侍读和云："五里东风三里雪，一齐排着等离人。"是词客语。夫人又有句云："天涯半是伤春客，飘泊烦他青眼看。"亦有慈云护物之意。张少仪观察和云："不须看到婆娑日，已觉伤心似汉南。"则的是名场耆旧语矣。

译文

凡是写诗的人，都有特定的身份地位，也各有各自的胸怀气度。毕沅中丞府中漪香夫人《青门柳枝词》中写道："留得六宫眉黛好，高楼付与晓妆人。"是闺阁中妇女的话。毕沅中丞在和诗中写道："莫向离亭争折取，浓阴留覆往来人。"是朝廷中大臣的话。严长明侍读在和诗中写道："五里东风三里雪，一齐排着等离人。"是诗人词客的话。夫人还有诗句写道："天涯半是伤春客，飘泊烦他青眼看。"也是慈悲心肠爱惜风物的意思。张少仪观察在和诗中写道："不须看到婆娑日，已觉伤心似汉南。"这确是一位有名望老人所说的话。

评点

因身份不同，心胸不同，所作的诗也自然不同。"诗言志"，人各有志；"言为心声"，人心各异。俗话说："什么人说什么话。""卖什么吆喝什么。"都表述了这个道理。袁枚在开篇的第一则诗话中所说"古英雄未遇时，都无大志"，情形与此颇为相近。

取诸家之精华

原文

题古迹能翻陈出新最妙。河南邯郸壁上或题云："四十年中公与侯，虽然是梦也风流。我今落魄邯郸道，要替先生借枕头。"严子陵钓台或题云："一着羊裘便有心，虚名传诵到如今。当时若着蓑衣去，烟水茫茫何处寻？"凡事不能无弊，学诗亦然。学汉、魏《文选》者，其弊常流于假；学李、杜、韩、苏者，其弊常失于粗；学王、孟、韦、柳者，其弊常流于弱；学元、白、放翁者，其弊常失于浅；学温、李、冬郎者，其弊常失于纤。人能取诸家之精华，而吐其糟粕，则诸弊尽捐。大概杜、韩以学力胜，学之，刻鹄不成，犹类鹜也。太白、东坡以天分胜，学之，画虎不成，反类狗也。佛云："学我者死。"无佛之聪明而学佛，自然死矣。

译文

题咏古迹的诗能写出新意来最好。河南邯郸墙壁上有人题写这样的诗句："四十年中公与侯，虽然是梦也风流。我今落魄邯郸道，要替先生借枕头。"有人在严子陵钓台题诗写道："一着羊裘便有心，虚名传诵到如今。当时若着蓑衣去，烟水茫茫何处寻？"任何事情都不能没有弊端，学作诗也是这样。学汉、魏《文选》中的诗，它的弊端是常常使人作的诗流于虚假；学李白、杜甫、韩愈、苏轼的诗，它的弊端是常常使人失之于粗放；学王维、孟浩然、韦应物、柳宗元的诗，它的弊端是常常使人作的诗流于细弱；学元稹、白居易、陆游的诗，它的弊端是常常使人作的诗失之于浅白；学温庭筠、李商隐、韩偓的诗，它的弊端常常使人作的诗失之于纤巧。如有人能吸取各家的精华，排除各家的糟粕，那么各种弊端便都不存在了。大体说来，杜甫、韩愈以学力见长，学他们的诗，雕刻一只天鹅雕刻不像的话，还能像一只野鸭。而李白、苏轼以天分取胜，学他们的诗，描画老虎描画得不像的话，反倒会像一条狗了。佛祖说："学我的人便死。"没有佛祖的聪明而去学佛祖，自然是死了。

评点

历来各家各派的诗都各有特点，风格各异，如果只学一家一派，将其特点推向极致，就会走向其反面，所谓物极必反。袁枚指出：“学魏、晋《文选》者，其弊常流于假；学李、杜、韩、苏者，其弊常失于粗；学王、孟、韦、柳者，其弊常流于弱；学元、白、放翁者，其弊常失于浅；学温、李、冬郎者，其弊常失于纤。”说的就是这个道理。袁枚还指出避免这种情况的办法，那就是“取诸家之精华，而吐其糟粕，则诸弊尽捐”。

诗不尽如其人

原文

朱子立中丞，高颧长髯，多权谋，人称“双料曹操”，与西林相公共事云南，彼此抵牾。朱有句云：“畏暑铺长簟，思风去短屏。”颇闲雅，不类其为人。康熙间，施漕帅讳世纶者，亦刚不可犯。有句云：“爱山移舫对，隔水问花多。”与中丞同调。朱名纲。

译文

朱子立中丞，高高的颧骨长长的胡须，很有权术计谋，人们称他为“双料曹操”，与鄂尔泰相公一起在云南做官，彼此之间多有矛盾。朱子立写有这样的诗句：“畏暑铺长簟，思风去短屏。”很悠闲雅致，不像他的人品。康熙年间，漕帅施世纶，为人刚正不阿。写有这样的诗句：“爱山移舫对，隔水问花多。”与朱子立诗句的格调很相似。朱子立名纲。

评点

文如其人，诗如其人，这是就整体情况而言，个别的情形总是有的，袁枚所举的几个例子，就说明了这个问题。这种情况古亦有之，如北宋大臣夏竦，官至宰相，他贪好财物，生活奢侈，家资巨万。诗写得清丽、新巧。“山势蜂腰断，溪流燕尾分”，就是他的名句。

柴米油盐酱醋茶

原文

湖南张少廷尉名璨，字岂石，紫髯伟貌，议论风生，能赤手捕盗，与鲁观察亮侪，俱权奇自喜。题所居云："南轩北牖又东扉，取次园林待我归。当路莫栽荆棘草，他年免挂子孙衣。"言可风世。又戏题云："书画琴棋诗酒花，当年件件不离他。而今七事都更变，柴米油盐酱醋茶。"殊解颐也。又谓人云："见鬼莫怕，但与之打。"人问："打败奈何？"曰："我打败，才同他一样。"

译文

湖南少廷尉张璨，字岂石，紫色的胡须，相貌奇伟，特别健谈，能空手捉住盗贼，与鲁亮侪观察，都因自己智谋出众而得意。为自己的住所题诗写道："南轩北牖又东扉，取次园林待我归。当路莫栽荆棘草，他年免挂子孙衣。"这样的诗句可以警悟世人。又作诗调侃写道："书画琴棋诗酒花，当年件件不离他。而今七事都更变，柴米油盐酱醋茶。"很令人开心。还对人说："看见鬼不要害怕，只管和他对打。"有人问他："打败了怎么办？"他说："我打败了，才与他一样。"

评点

张璨所作的七言绝句："书画琴棋诗酒花，当年件件不离他。而今七事都更变，柴米油盐酱醋茶。"这首诗通俗风趣，概括地描绘出一个人早年生活颇有雅趣，后为生活所困扰的窘迫行状。故常为人们所引用，即所谓"一日开门七件事，柴米油盐酱醋茶"。明人小说中有一安贫乐道之人常吟诵一首诗："柴米油盐酱醋茶，七般都在别人家。我也一些忧不得，且锄明月种梅花。"张璨的那首诗，显然是脱胎于此的。

诗便不俗

原文

姜白石云："人所易言，我寡言之；人所难言，我易言之：诗便不俗。"

译文

南宋词人姜夔说："别人容易说出来的话，我少去说；别人不容易说出来的话，我能很自然地说出来：这样的诗便不会平庸。"

评点

这则诗话，是袁枚转述南宋词人姜夔的一句话。所谓"不俗"，就是不平庸。姜夔所强调的就是不要人云亦云。不人云亦云，便不会平庸，也就不俗了。

诗家变体

原文

古人诗有全篇用平声者，天随子《夏日》诗，四十字皆平声。有全篇用仄声者，梅圣俞《酌酒与妇饮》一篇皆仄声。有通首不用韵者，古《采莲曲》是也。有平仄各押韵者，唐末章碣，以八句诗平仄各有一韵，是也。诗家变体，宋魏菊庄《诗人玉屑》，言之最详。

译文

古人的诗有全篇都用平声字的，陆龟蒙《夏日》诗，共四十个字都是平声。有全篇都用仄声字的，梅尧臣《酌酒与妇饮》全篇都用仄声字。有整首诗不用韵的，古诗《采莲曲》就是这样。还有平仄各押韵的，唐朝末年的章碣写有一首八句的诗，平仄各有一韵，就是这样。诗人改变诗的体式，宋朝人魏庆之的《诗人玉屑》，对此有详细的论述。

评点

袁枚在这则诗话里谈到了诗有全篇用平声字，也有全篇用仄声字，还有通首不用韵，以及平仄各有一韵等做法，称之为诗家变体。所谓“变体”，就不是一般的普遍的用法，而是偶一为之的个别现象。

关吏疾呼书书书

原文

税关巡拦书吏，如捕没缉贼，虎视眈眈，但一见书册，兴便索然。姚云上作七古，前四句云：“劬劳王事前旌驱，咿唔星夜关山逾。笋束牛腰橐负载，关吏疾呼书书书！”此辈声口宛然，读之欲笑。南丰谢鸣篁有句云：“近海风涛壮，当关仆隶尊。”或和云：“客久囊虽破，船装书便尊。”

译文

守关收税的官吏拦截住运书的小吏，如同巡捕缉拿盗贼一般，贪婪凶狠地注视所运的东西，但是一看见所运的是书册，便大失所望毫不感兴趣了。姚云上所作的七言古诗，前四句写道：“劬劳王事前旌驱，咿唔星夜关山逾。笋束牛腰橐负载，关吏疾呼书书书！”收税关吏的形象描写得十分逼真，读时令人想笑。南丰的谢鸣篁有诗句写道：“近海风涛壮，当关仆隶尊。”有人和诗写道：“客久囊虽破，船装书便尊。”

评点

当关的捕吏检察过往行人所携带的货物，目的是为了收税，当发现不是经商买卖的货物，而是书的时候，因收不到税，既反感又无可奈何，便大声呼喊："书书书！"令人哭笑不得。在读书人的心目中，书是至圣至尊的，然而对于关吏来说，则是毫无价值的废物。

似易实难

原文

陈后山吟诗最刻苦，《九日》云："人事自生今日意，寒花只作去年香。"郑毅夫云："夜来过岭忽闻雨，今日满溪都是花。"此种句，似易实难。人能知易中之难，可与言诗。

译文

陈师道作诗最能刻苦，他在《九日》诗中写道："人事自生今日意，寒花只作去年香。"郑獬在诗中写道："夜来过岭忽闻雨，今日满溪都是花。"这样的诗句，看似容易其实很难。能懂易中之难的人，可以与他讨论有关诗的问题了。

评点

北宋诗人陈师道，字履常，一字无己，号后山居士，为"江西诗派"的代表作家之一。他一生苦吟，在《自咏》诗中写道："此生精力尽于诗。"时人称他为"闭门觅句陈无己"，把他吟诗所卧的床，称为"吟榻"。人们评他的诗"精深雅奥"，是他惨淡经营的结果。袁枚在这里所引用的陈师道的诗句，看似平淡无奇，其实这种自然恬淡而韵味隽永的诗写作的难度是更大的。

人贵直 文贵曲

原文

凡作人贵直，而作诗文贵曲。孔子曰："情欲信，词欲巧。"孟子曰："智譬则巧，圣譬则力。"巧，即曲之谓也。崔念陵诗云："有磨皆好事，无曲不文星。"洵知言哉！

或问："诗如何而后可谓之曲？"余曰："古诗之曲者，不胜数矣；即如近人王仔园《访友》云：'乱乌栖定夜三更，楼上银灯一点明。记得到门还不叩，花阴悄听读书声。'此曲也。若到门便叩，则直矣。方蒙章《访友》云：'轻舟一路绕烟霞，更爱山前满涧花。不为寻君也留住，那知花里即君家。'此曲也。若知是君家，便直矣。宋人《咏梅》云：'绿杨解语应相笑，漏泄春光恰是谁。'《咏红梅》云：'牧童睡起朦胧眼，错认桃林欲放牛。'咏梅而想到杨柳之心，牧童之眼，此曲也；若专咏梅花，便直矣。"

译文

作为人的品格以直为好，作为诗词文章以曲为好。孔子说："性情要诚信，语言要巧妙。"孟子说："智慧如同技巧，圣德如同力量。"孔子和孟子所说的"巧"，就是"曲"的意思。崔念陵的诗句写道："有磨皆好事，无曲不文星。"实在是深明此理的话呀！

有人问："诗怎么写之后才能称得上曲？"我说："古诗中称得上曲的，很多很多；即或如当代人王仔园《访友》诗写道：'乱乌栖定夜三更，楼上银灯一点明。记得到门还不叩，花阴悄听读书声。'这首诗称得上曲。如果来到门前便叩，便不是曲而是直了。方蒙章《访友》诗写道：'轻舟一路绕烟霞，更爱山前满涧花。不为寻君也留住，那知花里即君家。'这首诗称得上曲。如果知道是君家，便不是曲而是直了。宋朝人在《咏梅》诗中写道：'绿杨解语应相笑，漏泄春光恰是谁。'在《咏红梅》诗中写道：'牧童睡起朦胧眼，错认桃林欲放牛。'咏梅花而联想到杨柳的心情；牧童眼睛所见，这就称得上曲了；如单纯吟咏梅花，便不是曲而是直了。"

评点

人贵直，文贵曲，这似乎是尽人皆知的道理。然而，诗文如何才能“曲”，便不是谁都能做得到的了。袁枚在这里列举的诗句，可从中悟出几分道理。如：写访友，如果直接就写叩门，直接就写这便是友人家，这便直了；写咏梅，只写梅花，便直了。访友，到门而不去叩门，被室内读书声所吸引；咏梅，而想到杨柳之心、牧童之眼，这就是“曲”了。总之，就是不能直奔主题，不能直统统地说出。

不可有乡野气

原文

诗虽贵淡雅，亦不可有乡野气。何也？古之应、刘、鲍、谢、李、杜、韩、苏，皆有官职，非村野之人。盖士君子读破万卷，又必须登庙堂，览山川，结交海内名流，然后气局见解，自然阔大；良友琢磨，自然精进。否则，鸟啼虫吟，沾沾自喜，虽有佳处，而边幅固已狭矣。人有乡党自好之士，诗亦有乡党自好之诗。桓宽《盐铁论》曰：“鄙儒不如都士。”信矣。

译文

诗虽然以淡雅为好，也不应该有乡野气。为什么呢？古代诗人应玚、刘桢、鲍照、谢玚、李白、杜甫、韩愈、苏轼，他们都有官职，都不是山乡村野间普通百姓。大体说来这些文人士子们读书万卷，还必须步入仕途，游览各地山川风物，与天下名人们结交，在这之后胸襟和见解，便自然开阔博大了；好朋友之间切磋琢磨，便自然会进步提高。如果不是这样，只描述一点花鸟鱼虫的琐碎之事，便自已得意起来，虽然也会写出一点好的诗句，但诗的容量气度必然很狭窄了。世人中有以为有乡野气为好的人，诗中也有以有乡野气为好的诗。桓宽《盐铁论》写道：“村野间读书的人不如城市中的普通人。”相信这话是对的。

评点

统观这则诗话的含义，所谓“乡野气”，不是指诗中所蕴含的某种乡间村野的风光气息，而是指诗人的心胸狭窄，见识短浅，孤芳自赏，沾沾自喜，总之是三家村的学究气，或者说是小家子气。袁枚主张“士君子读破万卷，又必须登庙堂，览山川，结交海内名流，然后气局见解，自然阔大；良友琢磨，自然精进”，这些话都不无道理。

小家子题目

原文

丙辰，以布衣荐鸿词者，海内四人：一江西赵宁静，一河南车文，一陕西屈复，一嘉禾张庚。车之著作，余未经见。张善画，长于五古，人亦朴诚。独屈叟傲岸，自号悔翁，出必高杖，四童扶持。在京师，见客，南面坐；公侯学诗者，入拜床下，专改削少陵，訾诋太白，以自夸身分。耳食者、抵死奉若神明。山左颜懋伦心不平，独往求见。坐定，即问曰：“足下诗，有《书中干蝴蝶》二十首，此委巷小家子题目，李、杜集中，可曾有否？”屈默然惭。人以为快。沈归愚刻《别裁集》，仅录屈《王母庙》一首，云：“秦地山河留落日，汉家宫阙见孤灯。如今应是蟠桃熟，寂寞何人荐茂陵。”

译文

丙辰年，从没有官职的读书人中举荐为博学鸿词科，全国共有四人：一是江西的赵宁静，一是河南的车文，一是陕西的屈复，一是嘉禾的张庚。车文的著作，我未曾看见。张庚擅长绘画，并擅长写五言古体诗，为人也很朴实。唯独屈复这位老先生高傲，自己号称悔翁，出门时必定手拄着高高手杖，并有四个年幼仆人扶着。在京城里，会客时，必定面朝南坐着；一些有身份地位的人向他学诗，都得到他府上拜在他的床下。他专门删改杜甫的诗，诋毁李白，以此抬高自己的身价。一些道听途说的人，坚信他像一位高明的神仙。山东的颜懋伦心中不平，一个人去求见屈复。入座后，便问道：“先生的诗，有《书中干蝴蝶》二十首，这是曲巷中小家子题目，李白、杜甫的诗集中，有这样的诗吗?”屈复无言以对而羞惭。人们听说这件事后都很开心。沈德潜刻印《别裁集》，仅收录屈复《王母庙》一首诗：“秦地山河留落日，汉家宫阙见孤灯。如今应是蟠桃熟，寂寞何人荐茂陵。”

评点

这则诗话中所讲的屈复，狂妄高傲，竟然诋毁李白的诗，改削杜甫的诗。山东颜懋伦当面指责他所作的《书中干蝴蝶》二十首，是李白、杜甫不屑于写的“小家子题目”。颜懋伦的质疑问难，对于狂傲的屈复应是一付清凉剂。学诗的人都应以此为鉴。

得遇江州白司马

原文

古闺秀能诗者多，何至今而杳然?余宰江宁时，有松江女张氏二人，寓居尼庵，自言文敏公族也。姊名宛玉，嫁淮北程家，与夫不协，私行脱逃。山阳令行文关提，余点解时，宛玉堂上献诗云：“五湖深处素馨花，误入淮西估客家。得遇江州白司马，敢将幽怨诉琵琶?”余疑倩人作，女请面试。予指庭前枯树为题，女曰：“明府既许婢子吟诗，诗人无跪礼，请假纸笔立吟，可乎?”余许之。乃倚几疾书曰：“独立空庭久，朝朝向太阳。何人能手植，移作后庭芳?”未几，山阳冯令来，予问：“张女事作何办?”曰：“此事不应断离；然才女嫁俗商，不称，故释其背逃之罪，且放归矣。”问：“何以知其才?”曰：“渠献诗云：‘泣请神明宰，容奴返故乡。他时化蜀鸟，衔结到君旁。’”冯故四川人也。

译文

古代女子中会写诗的人很多，为什么到了今天却见不到了呢？我出任江宁县令的时候，有两个姓张的松江女子，寄居在尼姑庵里，自称是文敏公家族中的人。姐姐的名字叫宛玉，嫁给淮北程家，与丈夫性情不合，偷着逃出来。山阳县令发文告拘捕，当我点到她的名字欲将她押解到山阳县时，宛玉在公堂上献上她作的诗：“五湖深处素馨花，误入淮西估客家。得遇江州白司马，敢将幽怨诉琵琶？”我怀疑是她求别人代写的，她请求再当面试作一诗。我指庭院里的一棵枯树为题令她作诗，她说：“大人您既然允许我在此吟诗，诗人没有跪着作诗之礼，请拿给我纸笔让我站着吟诗，可以吗？”我答应了她的请求。她便靠着几案拿起笔来很快地便写出来了：“独立空庭久，朝朝向太阳。何人能手植，移作后庭芳。”没过几天，山阳冯县令来了，我问他：“张女的事如何处理了？”他说：“这件事不应该判离婚；但是一个才女嫁给一个庸俗的商人，真是不般配，因此免去了她偷着逃走的罪名，将她放回去了。”我又问他：“根据什么知道她是一个才女呢？”他说：“她作诗献给我：‘泣请神明宰，容奴返故乡。他时化蜀鸟，衔结到君旁。’”冯县令原籍四川。

评点

袁枚倡导性灵说，具有反抗封建礼教、追求个性解放的进步性。他平生多收女弟子，在诗话中对能诗的闺秀亦多有褒奖，这种尊重女性、男女平等的民主精神，与他的“性灵说”都是密切相关的。在这则诗话中所论及的才女张宛玉，不仅有诗才，而且敢于向封建婚姻挑战，逃婚出走，有幸遇到袁枚和山阳冯县令这样开明的长官，确是像白居易《琵琶行》中的琵琶女那样，“得遇江州白司马”了。

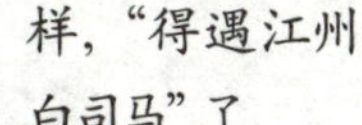

宜厚宜薄 以妙为主

原文

今人论诗，动言贵厚而贱薄，此亦耳食之言。不知宜厚宜薄，帷以妙为主。以两物论：狐貉贵厚，鲛绡贵薄。以一物论：刀背贵厚，刀锋贵薄。安见厚者定贵？薄者定贱耶？古人之诗，少陵似厚，太白似薄；义山似厚，飞卿似薄；俱为名家。犹之论交，谓深人难交，不知浅人亦正难交。

译文

当代人评论诗的优劣，动不动便以厚为贵以薄为贱，其实这都是一些没有根据的说法。不懂得诗适合厚还是适合薄，主要看是否达到美妙的境界。试以两种物件相比来说：狐貉以厚为贵，鲛绡以薄为贵。以一种物件来说：刀背以厚为贵，刀刃以薄为贵。怎么能见得厚一定贵？薄一定贱呢？古人的诗，杜甫似乎厚，李白似乎薄；李商隐似乎厚，温庭筠似乎薄；他们都是有名的诗人。这有如交友之道，都说城府深的人难交，却不知性情浅薄的人也难交。

评点

袁枚论诗较为全面圆通，很少偏颇极端。“贵厚贱薄”，为一般人对诗较为普遍的看法，袁枚则认为“厚”与“薄”并不是衡量诗文优劣的标准，宜厚宜薄，惟以妙为主。袁枚所说的“薄”，并非是浅薄、轻薄，而是有别于沉郁、厚重的轻盈、飘逸、空灵等风格特色，如李白的诗、温庭筠的诗那样。

人各有性之所近

原文

陆陆堂、诸襄七、汪韩门三太史，经学渊深，而诗多涩闷，所谓学人之诗，读之令人不欢。或诵诸诗："秋草驯龙种，春罗狎雉媒。""九秋易洒登高泪，百战重经广武场。"差为可诵，他作不能称是。相传康熙间，京师三前辈主持风雅，士多趋其门。王阮亭多誉，汪钝翁多毁，刘公㦷持平。方望溪先生以诗投汪，汪斥之。次以诗投王，王亦不誉。乃投刘，刘笑曰："人各有性之所近，子以后专作文不作诗可也。"方以故终身不作诗。近代深经学而能诗者，其郑玑尺、惠红豆、陈见复三先生乎？

译文

陆奎勋、诸锦、汪韩门三位太史，经学造诣都很渊深，但他们的诗都写得晦涩难懂。所说的学者之诗，读者不喜欢读。有人读诸锦的诗："秋草驯龙种，春罗狎雉媒。""九秋易洒登高泪，百战重经广武场。"这些诗句还可以读，其他的诗作都无法肯定。相传在康熙年间，京城有三位前辈主持诗坛，很多读书人登门求教。王士祯多半是鼓励称赞，汪琬多半是批评指责，刘体仁则较为持平公允。方苞先生拿来诗稿向汪琬求教，汪琬斥责了他。他又拿着诗稿向王士祯求教，王士祯也没有称赞他的诗。于是又拿着诗稿来向刘体仁请教，刘体仁笑着对他说："人性情各异各有所长，你以后只去写文章不去作诗是合适的。"方苞因此终生不再作诗。近代人中对经学造诣颇深而又会作诗的，大约只有郑江、惠栋、陈见复三位先生吧？

评点

袁枚在这一则诗话中论及"学人之诗"，所谓"经学渊深，而诗多涩闷"，这是由于理学桎梏人的性情所致。散文家方苞是桐城派代表作家之一，袁枚在这里讲述了方苞学诗的故事。当他意识到自己性情与诗相远，便终生不再作诗。方苞虽然不是理学家，但他力主散文应宣扬儒家伦理纲常，这或许是他与诗无缘的根源。也有经学造诣深而诗又作得很好的，这也是"人各有性之所近"的缘故。

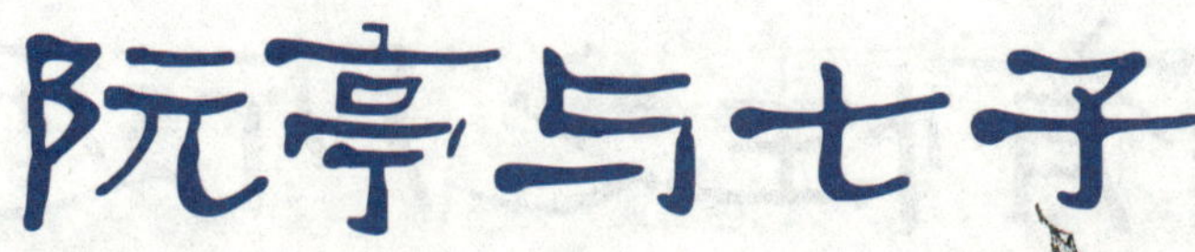

阮亭与七子

原文

或问："明七子摹仿唐人，王阮亭亦摹仿唐人，何以人爱阮亭者多，爱七子者少？"余告之曰："七子击鼓鸣钲，专唱宫商大调，易生人厌。阮亭善为角徵之声，吹竹弹丝，易入人耳。然七子如李崆峒，虽无性情，尚有气魄。阮亭于气魄、性情，俱有所短：此其所以能取悦中人，而不能牢笼上智也。"

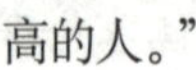

译文

有人问："明代七子的诗摹仿唐代人的诗，王士祯的诗也摹仿唐代人的诗，为什么喜爱王士祯诗的人多，喜爱明代七子诗的人少？"我告诉他们说："明代七子诗有如击鼓鸣钲，专门唱那些宫商大调，容易令人生厌。王士祯则善于吟唱角徵之声，吹奏竹管弹拨丝弦，容易入耳。然而明代七子中如李梦阳，诗中虽然没有性情，但还有气魄。而王士祯的诗，在气魄、性情两个方面，都很缺少：这是王士祯的诗所以能使中等水平的人喜欢，却不能吸引住水平高的人。"

评点

王士祯与明代七子都摹仿唐人，但喜爱王士祯诗的人多而喜爱明代七子诗的人少，这是为什么呢？袁枚认为七子诗一味讲气势，使人生厌；王士祯的诗有阴柔之美，易入人耳。这可能与王士祯主神韵有关。

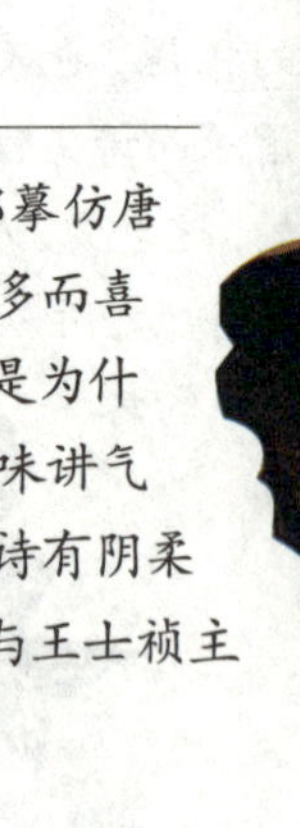

王士祯的《声调谱》

原文

近有《声调谱》之传，以为得自阮亭，作七古者，奉为秘本。余览之，不觉失笑。夫诗为天地元音，有定而无定，到恰好处，自成音节，此中微妙，口不能言。试观《国风》、《雅》、《颂》、《离骚》、乐府，各有声调，无谱可填。杜甫、王维七古中，平仄均调，竟有如七律者；韩文公七字皆平，七字皆仄；阮亭不能以四仄三平之例缚之也。倘必照曲谱排填，则四始六义之风扫地矣。此阮亭之七古，所以如杞国伯姬，不敢那移半步。

译文

近来有《声调谱》一书在流传，据说是从王士祯那里传出来的，作七言古诗的人，都将这本《声调谱》奉为秘本。我阅读之后，不觉失声笑起来。诗如同天地间大自然的声音，虽然有规律但又没有固定不变的规律。做得恰到好处，自然会形成音节，这其中微妙之处，无法用语言表述清楚。请试看《国风》、《雅》、《颂》、《离骚》、乐府，都各自有各自的声调，没有什么“声调谱”可以按谱填写。杜甫、王维的七言古诗，平仄都很协调，竟然有如七言律诗一般；韩愈的七言古诗，一句中的七个字都是平声，七个字都是仄声；因此不能用王士祯的四仄三平的例子来加以束缚。倘或一定要按照曲谱依次填写，《诗经》的四始六义的传统便不复存在了。这正是王士祯的七言古诗，所以像杞国伯姬，不敢随意移动半步。

评点

在这则诗话中，袁枚对王士祯《声调谱》一书提出批评。本来，古体诗与近体诗不同，没有森严的格律。然而《声调谱》却规定七古为四仄三平，无异于作茧自缚。袁枚以古人的诗为例予以反驳，如《诗经》、《楚辞》皆无谱可循；杜甫、王维所作的七古与七律相近；而韩愈的七古，有时七字皆平或七字皆仄，都没有固定的声调。学诗的人如将《声调谱》“奉为秘本”，去照谱排填，是不会作出好诗来的。

必童而习之

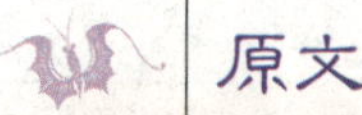

原文

诗虽小技，然必童而习之，入手先从汉、魏、六朝，下至三唐、两宋，自然源流各得，脉络分明。今之士大夫，已竭精神于时文八股矣；宦成后，慕诗名而强为之，又慕大家之名而狭取之。于是所读者，在宋，非苏即黄，在唐，非韩则杜，此外付之不观。亦知此四家者，岂浅学之人所能袭取哉？于是专得皮毛，自夸高格，终身由之，而不知其道。《书》曰：“德无常师，主善为师。”子贡曰：“夫子焉不学，而亦何常师之有？”此作诗之要也。陶篁村曰：“先生之言固然，然亦视其人之天分耳。与诗近者，虽中年后，可以名家；与诗远者，虽童而习之，无益也。磨铁可以成针，磨砖不可以成针。”

译文

作诗虽然是雕虫小技，但是必须从孩子时即开始学习，入手时先从汉、魏、六朝开始，下至初唐、盛唐、晚唐，北宋、南宋，这样自然将诗的源流各方面都学到了，脉络清楚分明。今天的读书人，将精力都投放在流行的八股文上面了，当官以后，因羡慕诗名而勉强去学习作诗，又羡慕大诗人的名气在狭小的范围内去学。于是所读的诗，在宋代不是苏轼就是黄庭坚，在唐代不是韩愈就是杜甫。除此之外都不去阅读。不知这四家的诗，岂是学问浅薄的人轻易能学得来的吗？于是专门学一点外在方面的东西，自夸格调高，终身这样去做，不懂得内在深刻的道理。《书》中写道：“在品德修养方面没有一成不变的老师，只要是好的就可以作为老师去学习。”子贡说：“夫子岂能不学习？而他哪里有什么固定不变的老师呢？”这正是学习作诗的要领。陶元藻说：“先生您说的这些话固然都是对的，但也要看人的天分。性情与诗相近的人，虽然是中年以后开始学诗，也可以成为名家；性情与诗相远的人，虽然是从幼年开始学诗，也没有益处。铁可以磨成针，砖则不能磨成针。”

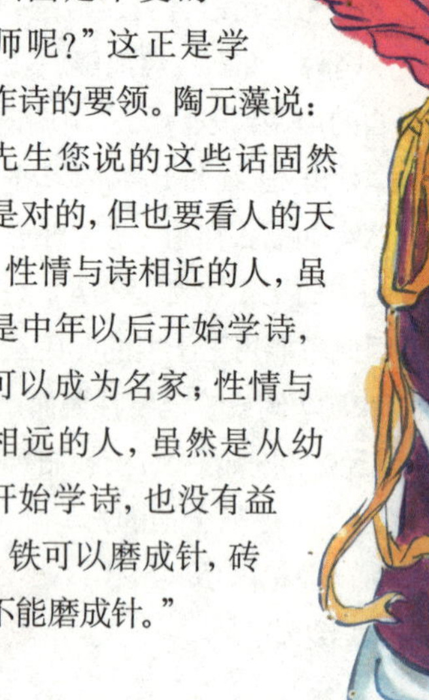

评点

袁枚强调学诗必须从幼年时开始，这样才能全面系统地掌握诗的源流。他指出如今一些士大夫学诗的弊端。为了求得功名，年轻时集中精力学作八股文，步入仕途后，以慕诗名的功利主义的态度来勉强学诗；又因慕名家之名而急功近利，只学一家一派，“在宋，非苏即黄，在唐，非韩即杜，此外付之不观”，因此学到的只是皮毛，终身不懂得作诗的要领。当然，那种大器晚成者，另当别论。

从谏如流

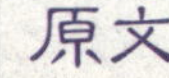

原文

诗得一字之师，如红炉点雪，乐不可言。余祝尹文端公寿云：“休夸与佛同生日，转恐恩荣佛尚差。”公嫌“恩”字与佛不切，应改“光”字。《咏落花》云：“无言独自下空山。”邱浩亭云：“空山是落叶，非落花也；应改‘春’字。”《送黄宫保巡边》云：“秋色玉门凉。”蒋心余云：“‘门’字不响，应改‘关’字。”《赠乐清张令》云：“我惭灵运称山贼。”刘霞裳云：“‘称’字不亮，应改‘呼’字。”凡此类，余从谏如流，不待其词之毕也。浩亭诗学极深，惜未得其遗稿。

译文

作诗如能遇到一字之师，有如红炉点雪，一经点拨，立即悟解，令人无比高兴。我为尹继善公祝寿诗中写道：“休夸与佛同生日，转恐恩荣佛尚差。”继善公嫌“恩”这个字用来描述佛不确切，应改为“光”字。《咏落花》诗中写道：“无言独自下空山。”邱浩亭说：“空山应是描述落叶，不适合描述落花，应改为‘春’字。”《送黄宫保巡边》诗中写道：“秋色玉门凉。”蒋士铨说：“‘门’字不响，应改为‘关’字。”《赠乐清张令》诗中写道：“我惭灵运称山贼。”刘霞裳说：“‘称’字不亮，应改为‘呼’字。”大凡这一类的情况，我都虚心高兴地采纳意见，甚至不等对方话说完我就改过来了。邱浩亭先生的诗学造诣很深，可惜未能得到他的遗稿。

评点

袁枚在这则诗话中，以其切身的体会，讲述了虚心听取意见修改诗句的情况。在这四个例子中，每句修改的只有一个字，即所谓“一字师”了。袁枚甚至不等对方的话说完，就按照对方的意见将这个字改过来了，确实称得上“从谏如流”了。在我国诗史中，有关“一字师”的故事很多，如高适遵照一位老僧的意见，将“前峰月落一江水”，改为“半江水”；诗僧齐己遵照友人郑谷的意见，将“昨夜数枝开”，改为“一枝开”，等等，只改动一个字，便使诗的意境大为改观。

思涩与手滑

原文

诗少作则思涩，多作则手滑；医涩须多看古人之诗，医滑须用剥进几层之法。

译文

诗作少了思维便会变得涩滞不畅，作多了便会因轻率动笔而手滑；改变思维涩滞的毛病须多读古人的诗作，改变手滑轻率的毛病须采用层层开掘的表现手法。

评点

这则诗话虽然只有四句，却是诗家的经验之谈。多看古人诗，启发思路，便不会“思涩”了。深入开掘，自然会避免率意成章了。

天籁与人巧

原文

萧子显自称："凡有著作，特寡思功；须其自来，不以力构。"此即陆放翁所谓"文章本天然，妙手偶得之"也。薛道衡登吟榻构思，闻人声则怒；陈后山作诗，家人为之逐去猫犬，婴儿都寄别家：此即少陵所谓"语不惊人死不休"也。二者不可偏废：盖诗有从天籁来者，有从人巧得者，不可执一以求。

译文

萧子显谈自己写作的体会时说："凡是动笔写作，很少有冥思苦想的情况；须要文思自然而来，而不是勉强去做。"这就是陆游在诗中所写的："文章本天然，妙手偶得之"了。薛道衡作诗登上吟榻构思，听见人语声便会发怒；陈师道作诗，让家人将猫和狗赶出去，将小孩子寄放在邻家。这就是杜甫在诗中写道的："语不惊人死不休"了。这两种做法都不可偏废：有的诗是自然流露出来的，有的诗是从巧思妙想中得到的，不应该只从一个方面去追求。

评点

袁枚在这则诗话中讲述了两种截然不同的写作状态。一是"妙手偶得"；一是惨淡经营。前者有如天籁，是诗人情感的自然流露；后者凭借人力，即杜甫所说的"语不惊人死不休"之意。袁枚认为"二者不可偏废"，"不可执一以求"。

改碎为整 改死为活

原文

诗文用字，有意同而字面整碎不同，死活不同者，不可不知。杨文公撰《宋主与契丹书》，有“邻壤交欢”四字。真宗用笔旁抹批云：“鼠壤？粪壤？”杨公改“邻壤”为“邻境”，真宗乃悦。此改碎为整也。范文正公作《子陵祠堂记》，初云：“先生之德，山高水长。”旋改“德”字为“风”字，此改死为活也。荀子曰：“文而不采。”《乐记》曰：“声成文为之音。”今之诗流，知之者鲜矣。

译文

写诗作文用字，有些字意思相同但字面的整齐破碎不同，僵死鲜活不同，不可以不明白这个道理。杨亿撰写《宋主与契丹书》有“邻壤交欢”四个字，宋真宗用笔在这四个字旁批道：“鼠壤？粪壤？”杨亿将“邻壤”改为“邻境”，真宗便高兴了。这便是改破碎为整齐。范仲淹作《子陵祠堂记》，开始时写道：“先生之德，山高水长。”又将“德”字改为“风”字，这就是改死为活了。荀子说：“要文饰那些词藻不够华丽之处。”《乐记》书中写道：“声音和谐才能成为美妙的音乐。”如今一些写诗的人，懂得这些道理的很少了。

评点

杨亿将“邻壤”改为“邻境”，因为“壤”字不雅，使人想到老鼠和粪土，“邻境”则变得典雅了。范仲淹将“德”字改为“风”字，“德”字太实，改后变得空灵了。诗也应该这样改。

不知与知 似知非知

原文

周青原云："不知谁把芙蓉摘，枝上分明见爪痕。"刘悔庵云："镜影不知双鬓白，书声宁识此翁衰。"余谓："不知"得妙。"王至淳云："水边红影一灯过，知有人从堤上行。"杨子载云："忽惊雨后青龙爪，知是苍松倒挂枝。"余谓："知得妙。"乔慕韩云："梦回枕上窗微白，知是天明是月明?"余谓："似知非知得妙。"

译文

周青原在诗中写道："不知谁把芙蓉摘，枝上分明见爪痕。"刘悔庵在诗中写道："镜影不知双鬓白，书声宁识此翁衰。"我说："诗中的'不知'用得好。"王至淳在诗中写道："水边红影一灯过，知有人从堤上行。"杨子载在诗中写道："忽惊雨后青龙爪，知是青松倒挂枝。"我说："诗中的'知'用得好。"乔慕韩在诗中写道："梦回枕上窗微白，知是天明是月明?"我说："诗中对于似知非知的意境描写得好。"

评点

袁枚所说的这三种情况，"不知"、"知"、"似知非知"，其中的"知"，也是一种猜度，是没经过验证的"知"。总之，这三种情况，都营造出一种朦胧的意境。诗忌实忌死，这种"不知"与"知"，"似知非知"，以一种不确定性、无确指性，避免了实与死的弊端，使诗意变得含蓄灵活，耐人寻味。

查慎行的作诗法

原文

余宰江宁时，查宣门居士开赠《蔗塘诗》一集，盖其族人心穀先生为仁所作。本籍海宁，寓居天津，十九岁即经患难，在狱八年，始得释归；怜才爱士，置驿通宾，其诗清妙，盖深得初白老人之教者。《同友集空谷园》云："郊居尘壒少，幽访共沿回。柳下孤篷泊，花间白版开。高人还掩卧，稚子识曾来。小立窥鸥鹭，忘机客不猜。"《秋夜病中》云："巷尾迢迢报柝声，虚堂如水断人行。云移一朵月吞吐，竹啸几声风送迎。不向枚生求七发，只凭曲部觅三清。调糜煮药经旬卧，白发萧萧又几茎。"他如："酒无千日醉，事有百年忙。""风愁撼树响，鼠厌数钱声。""为问亭边三五树，春来花发几多枝？"皆可诵也。己未，余乞假归娶，杭堇浦前辈，为余通书，先生命其子俭堂礼登船厚贶，至今未敢忘也。

先生有《莲塘诗话》，载初白老人教作诗法云："诗之厚在意不在辞，诗之雄在气不在句，诗之灵在空不在巧，诗之淡在妙不在浅。"其言颇与吾意相合，特录之。

译文

我出任江宁县令时，查开号宣门居士赠送给我一本《莲(底本为"蔗"，应为"莲"——译者)塘诗》，是他的同族人查为仁字心穀先生的大作。查为仁先生原籍海宁，后迁至天津，十九岁时即历经患难，在监狱中关押了八年，才获释归来。他爱惜人才，设置驿馆交接宾客，他的诗写得清新美妙，曾深得查慎行老人的亲授教诲。《同友集空谷园》诗写道："郊居尘壒少，幽访共沿回。柳下孤篷泊，花间白版开。高人还掩卧，稚子识曾来。小立窥鸥鹭，忘机客不猜。"《秋夜病中》诗写道："巷尾迢迢报柝声，虚堂如水断人行。云移一朵月吞吐，竹啸几声风送迎。不向枚生求七发，只凭曲部觅三清。调糜煮药经旬卧，白发萧萧又几茎。"其他还有："酒无千日醉，事有百年忙。”“风愁撼树响，鼠厌数钱声。”“为问庭边三五树，春来花发几多枝？”都是值得吟诵的。己未年的时候，我请假回乡接取家眷，杭世骏前辈，来信向我推荐查为仁先生，先生还指派他的儿子查俭堂来到我的船上以厚礼赠我，使我至今不能忘怀。

查为仁先生还有《莲塘诗话》一部，书中记载有查慎行老人传授作诗方法：“诗的厚重取决于诗意而不是辞藻，诗的雄健取决于诗人的气质而不是字句，诗的灵气取决于诗的空疏而不是纤巧，诗的恬淡取决于诗的妙趣而不是浅薄。”这些话与我的看法很相一致，因此特意记录下来。

评点

查慎行的作诗法，将诗意放在第一位，词采是为诗意服务的。强调诗人的气质心态，因为这决定着诗是否雄健；强调诗的空灵而不是纤巧；强调淡而有味而不是浅白无味。这些看法与袁枚观点相似。查为仁所作的诗中不乏佳句，得益于查慎行老人的这些教诲。

饷米五斗

原文

丁丑，余觅一抄书人，或荐黄生，名之纪，号星岩者，人甚朴野。偶过其案头，得句云：“破庵僧卖临街瓦，独井人争向晚泉。”余大奇之，即饷米五斗，自此欣然大用力于诗。五言句云：“云开日脚直，雨落水纹圆。”“竹锐穿泥壁，蝇酣落酒尊。”“钓久知鱼性，樵多识树名。”“笔残芦并用，墨尽指同磨。”七言云：“小窗近水寒偏觉，古木遮天曙不知。”“旧生萍处泥犹绿，新落花时水亦香。”“旧甓恐闲都贮水，破墙难补尽糊诗。”“有帘当槛云仍入，无客推门风自开。”

译文

丁丑年的时候，我想找一名抄书的人，有人向我推荐一名姓黄的书生，名叫之纪，号星岩。人很诚朴但有点土气。一次我偶然从他的几案前经过，发现他写的诗句："破庵僧卖临街瓦，独井人争向晚泉。"我十分惊奇，便赏给他五斗米。从此以后他便高高兴兴地集中精力用心作诗。五言诗句如："云开日脚直，雨落水纹圆。""竹锐穿泥壁，蝇酣落酒尊。""钓久知鱼性，樵多识树名。""笔残芦并用，墨尽指同磨。"七言诗句如："小窗近水寒偏觉，古木遮天曙不知。""旧生萍处泥犹绿，新落花时水亦香。""旧甓恐闲都贮水，破墙难补尽糊诗。""有帘当槛云仍入，无客推门风自开。"

评点

作为一代诗坛盟主的袁枚，以提携新人、奖掖后进为己任。当他发现为他抄书的黄生所作的两句诗，便喜不自胜，为鼓励黄生努力学诗，当即奖励黄生五斗米。黄生深受感动，学诗的劲头更足了，写出不少好的诗句。假如黄生没有遇到袁枚，没有得到袁枚的鼓励，他后来写的那些美好的诗句，很可能都化为乌有了。

纯以神行

原文

吴门名医薛雪，自号一瓢，性孤傲，公卿延之不肯往；而予有疾，则不招自至。乙亥春，余在苏州，庖人王小余病疫不起，将掩棺，而君来，天已晚，烧烛照之，笑曰：“死矣！然吾好与疫鬼战，恐得胜亦未可知。”出药一丸，捣石菖蒲汁调和，命舆夫有力者，用铁箸锲其齿灌之。小余目闭气绝，喉汩汩然似咽似吐。薛嘱曰：“好遣人视之，鸡鸣时当有声。”已而果然。再服二剂而病起。乙酉冬，余又往苏州，有厨人张庆者，得狂易之疾，认日光为雪，啖少许，肠痛欲裂，诸医不效。薛至，袖手向张脸上下视曰：“此冷痧也，一刮而愈，不必诊脉。”如其言，身现黑瘢如掌大，亦即霍然。余奇赏之。先生曰：“我之医，即君之诗，纯以神行；所谓人居屋中，我来天外是也。”然先生诗亦正不凡，如《夜别汪山樵》云：“客中怜客去，烧烛送归桡。把手各无语，寒江正落潮。异乡难跋涉，旧业有渔樵。切莫依人惯，家贫子尚娇。”《嘲陶令》云：“又向门前栽五柳，风来依旧折腰枝。”《咏汉高》云：“恰笑手提三尺剑，斩蛇容易割鸡难。”《偶成》云：“窗添墨谱摇新竹，几印连环按覆盂。”

译文

江苏吴县的名医薛雪，自以一瓢为号。性情孤傲，官员权贵们请他不肯前往，但一听到我有病，不请他自己主动就来了。乙亥年春天，我在苏州，厨子王小余患病卧床不起，即将咽气入棺了。医生薛雪赶到时，天色已晚，燃亮蜡烛看后，笑着说：“人已经死了，但我喜欢与病魔争战，说不定能战胜病魔。”取出一丸药，捣出石菖蒲的汁液调和药丸，让力气大的轿夫，用铁筷子撬开病人的牙齿将药灌下去。病人王小余已经闭上了眼睛停止了呼吸，只听见他的喉管里汩汩作响像是往下咽又像往出吐。薛雪医生嘱咐说：“让人好好看护，鸡叫时便会听到声息。”情况果然如此，接着又服用了两剂药，王小余的病便好了。乙酉年的冬天，我又来到苏州，有个厨子叫张庆的，患了颠狂病，见到日光认为是雪。吃不下多少食物，肠胃痛得像要断裂一般。请了很多医生诊治都不见好转。薛雪医生赶到，袖着手上下察看病人的脸，说道：“这是冷痧，一刮就会好转，不需要诊脉。”如他所说的那样，经刮治病人身上出现手掌大的黑瘢，病也随之好了。我特别赏识他的医术。薛雪先生说：“我的医术，如同您的诗，纯粹是依靠心神来运作的，就是所说的人坐在屋子里，而我已经神游天外了。”然而薛先生的诗也很不一般，如《夜别汪山樵》诗写道：“客中怜客去，烧烛送归桡。把手各无语，寒江正落潮。异乡难跋涉，旧业有渔樵。切莫依人惯，家贫子尚娇。”《嘲陶令》诗写道：“又向门前栽五柳，风来依旧折腰枝。”《咏汉高》诗写道：“恰笑手提三尺剑，斩蛇容易割鸡难。”《偶成》诗写道：“窗添墨谱摇新竹，几印连环按覆盂。”

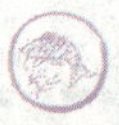

评点

这位名医薛雪，自称其行医与袁枚作诗一样，“纯以神行”。所谓“神”，亦即“性灵”。名门权贵请他不肯前往，一听说袁枚有疾，不请自来，这不是性情所致吗？原来他也能诗，无论是性格还是志趣，与袁枚都有共同语言。《嘲陶令》诗写道：“又向门前栽五柳，风来依旧折腰枝。”立意尖新，确能翻出一层新意。

深得作诗甘苦

原文

常州顾文炜有《苦吟》一联云：“不知功到处，但觉诵来安。”又云：“为求一字稳，耐得半宵寒。”深得作诗甘苦。

译文

常州顾文炜有《苦吟》诗一联写道：“不知功到处，但觉诵来安。”又有诗写道：“为求一字稳，耐得半宵寒。”深知作诗不是一件容易的事。

评点

历来诗人吟咏作诗刻苦的诗句屡见不鲜，如“二句三年得，一吟双泪流”、“吟安一个字，捻断数茎须”等，都可谓“深得作诗甘苦”。

所见所感

原文

人畏冷，卧必弯身。高翰起司马《明港驿》云：“灯昏妨睡频移背，衾薄愁寒屡曲腰。”野行者尝见牛背上负群鸟而行。鲁星村云：“春田牛背鸠争落，野店墙头花乱开。”船小者，人不能起立。程鱼门云：“别开新样殊堪哂，跪著衣裳卧读书。”

译文

人怕寒冷，躺着时必然弯着身子。高翰起司马在《明港驿》诗中写道：“灯昏妨睡频移背，衾薄愁寒屡曲腰。”在野外行走时曾看到牛背上落着一群鸟牛还在走动。鲁璸在诗中写道：“春田牛背鸠争落，野店墙头花乱开。”因船小，人在船舱里不能站直身子。程晋芳在诗中写道：“别开新样殊堪哂，跪著衣裳卧读书。”

评点

袁枚的“性灵说”，固然强调人的性情和天分，具有浓重的主观色彩，但他对天分的理解并不全是唯心的表述。在这则诗话中，诗人的天分主要表现在对生活的体验与感受方面，即善于在日常生活中发现诗的能力。这就使他的“性灵说”具有主、客观相统一的积极意义。

诗主高淡 属对甚巧

原文

杭州符郎中，名曾，字幼鲁，诗主高淡。嵇相国为余诵其“三日不来秋满地，虫声如雨落空山”一联。余同召试，记其《斋宫》云：“寒云添暝色，老屋聚秋声。”《咏唐花》云：“当时不藉吹嘘力，少待阳和也自开。”《哭扬州马秋玉》云：“心死便为大自在，魂归仍返小玲珑。”小玲珑山馆者，马氏花园也；属对甚巧。《贺周石帆学士纳妾》云：“药炉经卷都抛却，只向灯前唤夜深。”尤蕴藉。

译文

杭州符郎中，名曾，字幼鲁，作诗主张高雅淡远。嵇相国为我吟诵他的“三日不来秋满地，虫声如雨落空山”一联诗。我与他一起被皇帝召去面试，记得他的《斋宫》诗写道：“寒云添暝色，老屋聚秋声。”《咏唐花》诗写道：“当时不藉吹嘘力，少待阳和也自开。”《哭扬州马秋玉》诗写道：“心死便为大自在，魂归仍返小玲珑。”小玲珑是山馆名，是马氏的花园，对仗十分精巧。《贺周石帆学士纳妾》诗写道：“药炉经卷都抛却，只向灯前唤夜深。”尤其显得含蓄蕴藉。

评点

符曾诗主高淡，他所作的诗句“三日不来秋满地，虫声如雨落空山”，堪称高淡了。他在《哭扬州马秋玉》诗中写道：“心死便为大自在，魂归仍返小玲珑。”“大自在”为佛教用语，意谓往来无碍，心无烦恼之意，“小玲珑”乃是马秋玉的花园。“大自在”与“小玲珑”的词意无法相对，而字面却是工整的对句，袁枚称赞其“属对甚巧”，即指此而言。

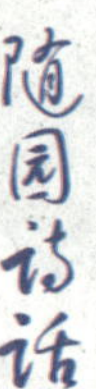

说尽世情

原文

从古权贵在朝，未有能和协者。宋人《登山》诗云："直到天门最高处，不能容物只容身。"唐人《闺情》云："若非形与影，未必肯相容。"《宫词》云："闻有美人新进入，六宫无语一齐愁。"又曰："三千宫女如花貌，几个春来没泪痕？"皆可谓说尽世情。

译文

自古以来在朝廷做官的权贵们，没有彼此能和谐融洽的。宋代诗人在《登山》诗中写道："直到天门最高处，不能容物只容身。"唐代诗人在《闺情》诗中写道："若非形与影，未必肯相容。"《宫词》诗写道："闻有美人新进入，六宫无语一齐愁。"又有诗写道："三千宫女如花貌，几个春来没泪痕？"这些诗句都可以说是写尽了人间世情。

评点

当权者没有能和谐共事的，大都彼此牴牾，将对方看做是自己的政敌。这里引用的诗句，都含蓄巧妙地描述了权贵们相互妒忌排挤的情形。这些诗有一个共同的特点，都不是直接正面地表述这一题旨，而是运用寓意、比喻、寄托、联想等手法来完成的，因此诗意更深，诗味更浓。

都是性情 不关堆垛

原文

人有满腔书卷，无处张皇，当为考据之学，自成一家。其次，则骈体文，尽可铺排，何必借诗为卖弄？自《三百篇》至今日，凡诗之传者，都是性灵，不关堆垛。惟李义山诗，稍多典故；然皆用才情驱使，不专砌填也。余续司空表圣《诗品》，第三首便曰“博习”，言诗之必根于学，所谓不从糟粕，安得精华是也。近见作诗者，全仗糟粕，琐碎零星，如剃僧发，如拆袜线，句句加注，是将诗当考据作矣。虑吾说之害之也，故续元遗山《论诗》，末一首云：“天涯有客号诊痴，误把抄书当作诗。抄到钟嵘诗品日，该他知道性灵时。”

译文

有的人读了很多书，没有地方去表现，应当去从事考据的学问，会自成一家。其次，还可以去写作骈体文，可以尽情地去铺排，何必借作诗来卖弄学问呢？自《诗经》到如今，凡是能流传在世的诗，都是能表现人的性情的，不取决于词藻典故的堆砌。只有李商隐的诗，典故多一些，但这些典故都是为他的才情服务的，不是为用典而用典。我续写司空图的《诗品》，第三首便称作“博习”，说明作诗一定要有学问作为根基，所说的不从糟粕中入手，怎么能寻找到精华呢？近来看见一些作诗的人，全是糟粕的堆砌，琐琐碎碎零零散散，好像在给和尚剃头没有长发，好像在拆袜线没有长丝，每句诗都要加注解，是将写诗当成考据来做了。考虑到我谈到的这些弊端，因此续写元好问的《论诗》，最后一首写道：“天涯有客号诊痴，误把抄书当作诗。抄到钟嵘诗品日，该他知道性灵时。”

评点

袁枚认为，自《诗经》以来，凡是能流传下来的好诗，都是表达人的性情，与是否用典无关。袁枚并非一律反对诗中用典，只是与性情相比，用典是第二位的。如李商隐的诗，用典较多，但都是在才情的统领下进行的，这就不是简单的典故堆砌了。

好恶拂人之性

原文

宋人论诗多不可解，杨蟠《金山》诗云："天末楼台横北固，夜深灯火见扬州。"的是金山，不可移易。而王平甫以为是牙人量地界诗。严维："柳塘春水慢，花坞夕阳迟。"的是静境，无人道破。而刘贡父以为"春水慢"不须"柳坞"。孟东野《咏吹角》云："似开孤月口，能说落星心。"月不闻生口，星忽然有心。穿凿极矣，而东坡赞为奇妙。皆所谓好恶拂人之性也。

译文

宋代人评论诗大都不可理解，杨蟠《金山》诗写道："天末楼台横北固，夜深灯火见扬州。"所描写的的确是金山，不可以改作他处。而王安国认为是买卖中间人丈量地界的诗。严维在诗中写道："柳塘春水慢，花坞夕阳迟。"描写的的确是宁静的境界，没有人这样描写过。而刘攽认为"春水慢"不必与"柳坞"相关联。孟郊《咏吹角》诗写道："似开孤月口，能说落星心。"没听说明月还有口，而星又忽然有了心，太穿凿了，而苏轼却称赞为奇妙。都是所说的褒贬违背人的常情呀！

评点

袁枚在这则诗话中指出宋代人评诗常常违背人的常情，令人难以理解。分明是佳句，却遭到无端的指责。而对于某些穿凿牵强的诗句，却被赞为奇妙。这大约是评论者标新立异、哗众取宠的心理造成的吧！

各有境界 各有宜称

原文

元遗山讥秦少游云："有情芍药含春泪，无力蔷薇卧晚枝。拈出昌黎山石句，方知渠是女郎诗。"此论大谬。芍药、蔷薇，原近女郎，不近山石；二者不可相提而并论。诗题各有境界，各有宜称。杜少陵诗，光焰万丈；然而"香雾云鬟湿，清辉玉臂寒"；"分飞蛱蝶原相逐，并蒂芙蓉本是双"。韩退之诗，横空盘硬语，然"银烛未销窗送曙，金钗半醉坐添香"。又何尝不是女郎诗耶？《东山》诗："其新孔嘉，其旧如之何？"周公大圣人，亦且善谑。

译文

元好问讥讽秦观，在诗中写道："有情芍药含春泪，无力蔷薇卧晚枝。拈出昌黎山石句，方知渠是女郎诗。"这种说法太荒谬了。芍药、蔷薇的特点与女郎相近，与山石不相近，二者不应该相提并论。诗题各有各自的意境，各有适宜于各自的称谓。杜甫的诗，闪射着万丈光芒；然而"香雾云鬟湿，清辉玉臂寒"；"分飞蛱蝶原相逐，并蒂芙蓉本是双"。韩愈诗，语言风格硬挺，然而"银烛未销窗送曙，金钗半醉坐添香"。又怎么不像女人写的诗呢？《东山》诗写道："其新孔嘉，其旧如之何？"周公是一位大圣人，也尚且会这样开玩笑。

评点

北宋秦观是婉约派代表性词人之一，他的诗也和他的词一样，委婉、细腻，抒情性很强，被元好问讥讽为"女郎诗"。袁枚不赞同元好问的观点，认为诗的题旨不同，境界自然不同。并以杜甫、韩愈为例，也都有细腻委婉的诗篇，能说都是"女郎诗"吗？袁枚主张不同风格特点的诗同时并存，不能强求划一，这样才有利于创作的发展繁荣。更何况秦观的诗专主性情，自然会受到袁枚的喜爱，难怪袁枚更为他抱打不平了。

吴郡仇英製

权门托足及其他

原文

抱韩、杜以凌人，而粗脚笨手者，谓之权门托足。仿王、孟以矜高，而半吞半吐者，谓之贫贱骄人。开口言盛唐及好用古人韵者，谓之木偶演戏。故意走宋人冷径者，谓之乞儿搬家。好叠韵、次韵、剌剌不休者，谓之村婆絮谈。一字一句，自注来历者，谓之骨董开店。

译文

墨守韩愈、杜甫以此盛气凌人，自己的诗又写得十分笨拙，可叫做寄身权贵之门。摹仿王维、孟浩然以此自矜清高，自己的诗则写得含混不清，可叫做穷人又一身傲气。开口便说盛唐又好用古人韵作诗的人，可叫做木偶在演戏。故意去走宋代诗人冷僻途径的人，可叫做叫花子搬家。喜欢叠韵、次韵，又没完没了的人，可叫做乡村老婆子在絮语。一字一句，自己都来注明出处的人，可叫做开古玩店铺。

评点

清代诗坛的格调派、神韵派、宗唐派、宗宋派以及学者诗派等，都是袁枚性灵派的论敌。这些流派都在不同程度上压抑诗人性情的发挥，在这则诗话里袁枚逐一地予以批驳。韩愈、杜甫固然是大家，诗多阳刚之气，但像沈德潜那样，只抱定韩杜一派，无异于“权门托足”；王维、孟浩然固然是名家，诗多阴柔之美，但像王士祯那样，苦守王孟一派，无异于“贫贱骄人”。对于“分唐界宋”之说，袁枚更是不止一次地予以抨击。沈德潜宗唐，厉鹗宗宋，彼此壁垒森严，各守门户。袁枚讥讽他们是“木偶演戏”，“乞儿搬家”。他在《答沈大宗伯论诗书》中写道：“唐、宋分界之说，宋、元无有，明初亦无有，成、弘后始有之。其时议礼讲学，皆立门户以为名高，七子狃于此习，遂皮傅盛唐，扼腕自矜，殊为寡识。”在《续诗品》第二十八首中写道：“抱杜尊韩，托足权门；苦守陶韦，贫贱骄人。偏则成魔，分唐界宋；霹雳一声，邹鲁不哄。江海虽大，岂无潇湘；灾夏自幽，亦须庙堂。”各种流派应互相采长补短，各种风格应同时共存共荣，这真有些“百花齐放，百家争鸣”的味道了。

近体难于古体

原文

作古体诗，极迟不过两日，可得佳构；作近体诗，或竟十日不成一首。何也？盖古体地位宽余，可使才气卷轴；而近体之妙，须不着一字，自得风流；天籁不来，人力亦无如何。今人动轻近体，而重古风，盖于此道，未得甘苦者也。叶庶子书山曰：“子言固然。然人功未极，则天籁亦无因而至。虽云天籁，亦须从人功求之。”知言哉！

译文

写古体诗，最慢不过两日，便可以写出一首很好的诗。写近体诗，有时竟然十天写不成一首。这是为什么呢？因为古体诗格式宽松，可以使人的才气尽情发挥出来；而近体诗的绝妙之处，须要不露痕迹，自然潇洒。因此灵感没有触发，勉强用力是很难写好的。如今写诗的人轻率地轻视近体诗，而重视古体诗。这是还没有真正懂得其中甘苦的人的看法。叶酉说：“您讲的固然有道理，然而人的功夫未到一定程度，灵感不会无缘无故而来。虽然说灵感来自于天才，但也须要从努力用功中求得。”这是很有道理的话呀！

评点

袁枚针对当时诗坛所存在的重古体轻近体的现象，阐述了近体难于古体的道理。近体诗格律森严，又得自然天成不露痕迹，不如古体诗那样宽松自由，任凭诗人纵横舒卷。总之，重要的是既要有天才又要肯下苦功。

各自标新 各有祖述

原文

古人门户虽各自标新，亦各有所祖述。如《玉台新咏》、温、李、西昆得力于《风》者也。李、杜排奡，得力于《雅》者也。韩、孟奇崛，得力于《颂》者也。李贺、卢仝之险怪，得力于《离骚》、《天问》、《大招》者也。元、白七古长篇，得力于初唐四子；而四子又得之于庾子山及《孔雀东南飞》诸乐府者也。今人一见文字艰险，便以为文体不正。不知"载鬼一车"，"上帝板板"，已见于《毛诗》《周易》矣。

译文

古代诗人各家各派虽然各自标新立异，也各自有所继承。如《玉台新咏》中的诗、温庭筠、李商隐、西昆体各家的诗，是从《诗经·国风》学习、继承来的。李白、杜甫的诗洋洋洒洒，气势宏伟，是从《诗经·雅》学习、继承来的。韩愈、孟郊诗风奇崛，是从《诗经·颂》学习、继承来的。李贺、卢仝诗风险怪，是从《离骚》、《天问》、《大招》学习、继承来的。元稹、白居易的七言古诗篇幅很长，是从初唐四杰王勃、杨炯、卢照邻、骆宾王那里学习、继承来的。而初唐四杰又是从庾信及《孔雀东南飞》等乐府诗学习、继承来的。如今的士人一看见诗文中文字艰险，便以为文体不正。岂不知"载鬼一车"、"上帝板板"等险怪的字句，早已出现在《诗经》、《易经》中了。

评点

袁枚论诗较为圆通，对各种风格流派亦能以宽容的态度待之。他认为各种风格流派，都有其传承的渊源，不应轻意予以否定。如今某些人一看见文字艰险的诗文，便以为文体不正，其实《周易》、《诗经》中，便不乏文字艰险的句子。应该允许和承认风格体裁的多样性，以促进诗文的繁荣和发展。

朴与巧 淡与浓

原文

诗宜朴不宜巧，然必须大巧之朴；诗宜淡不宜浓，然必须浓后之淡。譬如大贵人，功成宦就，散发解簪，便是名士风流。若少年纨绔，遽为此态，便当笞责。富家雕金琢玉，别有规模；然后竹几藤床，非村夫贫相。

译文

诗适宜朴拙不适宜纤巧，然而必须是大巧之后的朴拙；诗适宜淡雅不适宜浓艳，然而必须是浓后的淡雅。好像大富大贵之人，功成名就之后，服饰衣著很随便，自然是名士的风流气度。如果是一个纨绔子弟，突然做出这样的姿态，便应予以笞责。富贵人家用金玉装饰，另有一番规模；然后再用竹藤制作的床几，也不是乡野村夫的贫穷相。

评点

诗家历来注重质朴与平淡，徐增《而庵诗话》写道："古诗贵质朴，质朴则情真。"梅尧臣《读邵不疑学士诗卷》写道："作诗无古今，惟造平淡难。"袁枚并不简单地强调诗的质朴与平淡，而是论述朴与巧，淡而浓的辨证关系，强调必须"大巧之朴"、"浓后之淡"。因为质朴不是笨愚、呆板；平淡不是枯槁、乏味，而是朴中见巧，淡而有味。

写神 寄托 感慨

原文

牡丹诗最难出色，唐人“国色朝酣酒，天香夜染衣”之句，不如“嫩畏人看损，娇疑日炙消”之写神也。其他如：“应为价高人不问，恰缘香甚蝶难亲。”别有寄托。“买栽池馆疑无地，看到子孙能几家。”别有感慨。宋人云：“要看一尺春风面。”俗矣！本朝沙斗初云：“艳薄严妆常自重，明明薄醉要人扶。”裴春台云：“一栏并力作春色，百卉甘心奉盛名。”罗江村云：“未必美人多富贵，断无仙子不楼台。”胡稚威云：“非徒冠冕三春色，真使能移一世心。”程鱼门云：“能教北地成香界，不负东风是此花。”此数联，足与古人颉颃。元人《贬牡丹诗》云：“枣花似小能成实，桑麻虽粗解作丝。惟有牡丹如斗大，不成一事又空枝。”晁无咎《并头牡丹》云：“月下故应相伴语，风前各自一般愁。”

译文

咏牡丹诗写好了最难，唐代诗人有“国色朝酣酒，天香夜染衣”的诗句，不如“嫩畏人看损，娇疑日炙消”写得传神。其他诗句如：“应为价高人不问，恰缘香甚蝶难亲。”其中另有寓意和寄托。“买栽池馆疑无地，看到子孙能几家。”其中另有一番感慨。宋代诗人写道：“要看一尺春风面。”便显得很俗了。当代人沙维杓写道：“艳薄严妆常自重，明明薄醉要人扶。”裴春台写道：“一栏并力作春色，百卉甘心奉盛名。”罗江村写道：“未必美人多富贵，断无仙子不楼台。”胡天游写道：“非徒冠冕三春色，真使能移一世心。”程晋芳写道：“能教北地成香界，不负东风是此花。”这数联诗句，是可以与古代诗人咏牡丹诗相媲美。元代诗人《贬牡丹诗》写道：“枣花似小能成实，桑麻虽粗解作丝。惟有牡丹如斗大，不成一事又空枝。”晁补之《并头牡丹》诗写道：“月下故应相伴语，风前各自一般愁。”

评点

牡丹诗，因写的人多，便很难写出新意来。为此，袁枚强调不仅要写出牡丹的形态，更重要的是写出牡丹的神韵，写神是美的最高境界，写出神韵来自然就不一般化了。同时他还强调要“别有寄托”、“别有感慨”。而不是就牡丹写牡丹，这样就不俗了。

诗以比兴为佳

原文

诗以比兴为佳。王孟亭箴舆守怀庆时，与卢中丞焯同寅。王被劾罢官。二十年后，卢为浙江巡抚，王往见之，卢相待甚优，许其荐举。而王自伤老矣，不欲再谈往事。《西湖小集》诗云：“再移画舫春应老，重拨朱弦帐转生。”

译文

诗中运用比兴的手法能收到很好的艺术效果。王孟亭字箴舆出任怀庆太守时，与卢焯中丞为同僚。王被弹劾免官。二十年以后，卢出任浙江巡抚，王前往看望卢，卢对王相待特别优厚，并答应荐举王。然而王自叹年老了，不愿意再谈及过去的事。《西湖小集》诗写道：“再移画舫春应老，重拨朱弦怅转生。”

评点

王孟亭被罢官后，二十年前的同僚荐举他再度出山，他因有感于自己年纪老大，早已无意于仕途，但又不便正面回绝老朋友的美意，便在《西湖小集》诗中写道：“再移画舫春应老，重拨朱弦怅转生。”委婉含蓄地表述了自己的心曲，这种比兴的手法，确实比直白正面地说出来要好得多。

有篇有句 方称妙手

原文

诗有有篇无句者，通首清老，一气浑成，恰无佳句令人传诵。有有句无篇者，一首之中，非无可诵之句，而通体不称，难入作家之选。二者一欠天分，一欠工夫。必也有篇有句，方称妙手。

译文

有的诗全篇都很好但没有好的句子，通首清新老到，一气贯通浑然而成，但就是没有好的句子让人传诵开来。有的诗有好的句子但全篇看来还不够好，在一首诗之中，不是没有值得传诵的诗句，但整首诗却不相称，没法被列入著名诗人之中。这两种情况一种是缺少天才，一种是缺少功夫。必须全篇都好还有好的句子，才能称得上是有才能的诗人。

评点

在袁枚看来，“有篇无句”是缺少才气所致；“有句无篇”则是功夫不到的原因。这两种情况，都不够尽善尽美，“有篇有句”应是诗家所追求的目标。因此，学诗者既要有谋篇布局的本领，又不乏炼句炼字的功夫。

厚积薄发 从容大度

原文

杭州布衣吴颖芳，字西林，博学多闻，尝自序其诗曰："古人读书，不专务词章，偶尔流露讴吟，仅抒所蓄之一二。其胸中所贮，渊乎其莫测也。递降而下，倾泻渐多。逮至元、明，以十分之学，作十分之诗，无余蕴矣。次焉者，或溢其量以出。故其经营之处，时露不足；如举重械，虽同一运用，而劳逸之态各殊。古人胜于近代，可准是以观。"予尝试武童，见有开弓至十石而色变手战者。晓之曰："汝务十石之名，而丑态尽露；何若用五石、六石之从容大方乎？"颇与吴言相合。

西林与杭、厉诸公同时角逐。及诸公俱登科第，而西林如故也。故《咏笋腊》结句云："回头看同队，一一上云烟。"又《答客至》曰："田间住却携锄手，来与诸公话白云。"

译文

杭州有一位没有官职的文人吴颖芳，字西林，学识渊博，见闻很广，曾经为自己的诗作序写道："古代人读书，并不专门追求词藻章句，只是偶有感触自然流露于吟咏，抒发出来的仅是所积蓄的十分之一 二 。他的胸中所积累的学问十分丰厚难以预测。越到后来，倾泻出来的越多。到了元代、明代，用胸中十分的学识，去写作十分的诗，再没有剩余的了。再差一些的，有时竟然超过胸中所积蓄的学识去写诗。因此写出来的诗，常常表现出学识才力不足，好像举很重的器械，虽然是同样的动作，但疲惫、轻松的表情却不相同。古代人胜过现代人，可以从这里看出来了。"我曾经考试武举童子，看见有的人拉开十石的弓便脸色改变双手颤抖。我告诉他说："你要得到能拉开十石弓的名声，结果是勉强用力的丑态都暴露出来了。怎能比得上拉开五石、六石弓那样轻松潇洒呢?"我的这些话与吴颖芳所讲的很相合。

吴颖芳与杭世骏、厉鹗诸公同时竞争。等到诸公都登科及第了，而吴颖芳仍然与从前一样。因此《咏笋腊》诗的结句写道："回头看同队，一一上云烟。"又在《答客至》诗中写道："田间住却携锄手，来与诸公话白云。"

评点

袁枚在这则诗话里强调诗人应多读书，多学习，多积累，不滥制，不苟作，厚积薄发。这样写作出来的诗文，便会显得从容大度，绰绰有余。如果相反，必然粗制滥造，结果是强弩之末，捉襟见肘，丑态毕露。袁枚还以举重和开弓射箭作比喻，形象地说明这个道理。

李邕与孙觉的批评

原文

李北海见崔颢投诗，曰："十五嫁王昌。"骂曰："小儿无礼！"秦少游见孙莘老投诗，曰："平康在何处，十里带垂杨。"孙骂曰："小子又贱发！"二前辈方严相似，而考其生平，均非能作诗者。

译文

崔颢投诗拜见李邕，李邕见到诗中"十五嫁王昌"的句子，骂道："你小子太无礼貌了！"秦观投诗拜见孙觉，孙觉见诗中"平康在何处，十里带垂杨"的句子，骂道："你小子又在发贱！"李邕和孙觉这二位前辈刚直严厉很相近，然而考查他们的生平，都不是善于作诗的人。

评点

崔颢与秦观所投的诗，都是描写男女相爱的诗，即所谓艳诗。在李邕与孙觉看来，都是很不严肃的轻薄之作，拿这样的诗给他们看，便是对他们的"大不敬"，因而骂道："小儿无礼！""小子又贱发！"袁枚指出，李邕与孙觉，都是不会作诗之人。不会作诗，当然也就不会懂得这种言情之作亦不应受到指责的道理。

家贫梦买书

原文

余少贫不能买书；然好之颇切，每过书肆，垂涎翻阅，若价贵不能得，夜辄形诸梦寐。曾作诗曰：“塾远愁过市，家贫梦买书。”及作官后，购书万卷，翻不暇读矣。有如少时牙齿坚强，贫不得食；衰年珍羞满前，而齿脱腹果，不能餍饫，为可叹也！偶读东坡《李氏山房藏书记》，甚言少时得书之难，后书多而转无人读；正与此意相同。

译文

我年少时因家贫没有钱买书；但是特别喜爱书籍，每当路过书店，都要到书店里翻看爱不释手，如果书价太贵不能得到，夜里便在梦中买到书。曾在诗中写道：“塾远愁过市，家贫梦买书。”等到做官以后，购买了上万卷图书，反倒没时间读了。好像少年时，牙齿坚固，家境贫寒吃不到什么食物；年老衰朽各种美味佳肴摆在面前，但牙齿脱落腹中饱满，没有办法吃得下，为此深可叹息了！偶然读到苏轼《李氏山房藏书记》，讲述了很多关于少年时买书的艰难，后来书多了反倒没人读了；正与我的情形相同。

评点

年少时因家境贫寒没钱买书，成年后书多了，反倒没有时间和精力去读了。这是很多人都有过的感受。袁枚如此，苏轼也是这样，真是“此事古难全”了。袁枚在这里表述了爱书的心情，意在提醒人们：爱书吧！读书吧！

由博返约

原文

老年之诗多简练者，皆由博返约之功。如陈年之酒，风霜之木，药淬之匕首；非枯槁闲寂之谓。然必须力学苦思，衰年不倦，如南齐之沈麟士，年过八旬，手写三千纸，然后可以压倒少年。

译文

老年人作诗很多诗都写得较为简练，都是由广博返回到简约的功夫。如多年酿成的酒，经历过风霜的树，用药淬过的匕首；并不是枯槁闲寂的意思。然而这必须努力学习苦心思考，终生不知疲倦，如南齐人沈麟士，八十多岁了，亲手书写三千张纸，然后才能够超过年青人。

评点

事物发展的规律有这样一个命题，即由简单到复杂，由复杂再到新的简单。有的老年人写作的诗文颇为简练，就是由复杂到新的简单的结果，亦即“由博返约之功”。这种“新的简单”并非枯槁闲寂，而是一种积淀，一种提纯，一种净化，所以更有韵味。

多重性与两面性

原文

上官仪诗多浮艳，以忠获罪。傅玄善言儿女之情，而刚正嫉恶，台阁生风。杨子云自拟《周易》，乃附新莽。余中请禁探花，而后以赃败。席豫一生不作草书，而荐安禄山公正无私。

译文

上官仪的诗大都轻浮艳丽，但他忠心报国竟至获罪。傅玄善于描述男女相爱之情，但为人刚直公正嫉恶如仇，在朝廷威信很高。扬雄仿照《易经》撰写《太玄》，却依附新朝王莽。余中请求科举取消探花，后来却因贪赃而犯罪。席豫一生不写草字，却荐举安禄山公正无私。

评点

袁枚在诗话中已谈及人称“双料曹操”的朱子立中丞，居然能写出颇为闲雅的诗句。在这则诗话中，又以上官仪、傅玄、扬雄等为例，说明这种现象屡见不鲜。可见，“文如其人”只是相对而言，因为人的性格具有多重性或两面性的特点，所以具体人还应做具体分析。

被人嫌处只缘多

原文

用事如用兵，愈多愈难。以汉高之雄略，而韩信只许其能用十万。可见部勒驱使，谈何容易。有梁溪少年作怀古诗，动辄二百韵。予笑曰：“子独不见唐人《咏蜀葵》诗乎？”其人请诵之，曰：“能共牡丹争几许，被人嫌处只缘多。”

译文

诗人用典故如同将帅用兵，愈多愈难。汉高祖刘邦那样雄才大略，而韩信只允许他带领十万大军。可见统领军队，实在不是一件容易的事。有一个叫梁溪的少年人作怀古诗，轻易便写了二百韵。我笑着对他说：“你没有读过唐代诗人《咏蜀葵》诗吗？”这个人请我读给他听。我读道：“能共牡丹争几许，被人嫌处只缘多。”

评点

作诗有如用兵，在精不在多。袁枚从两个方面指出所谓“多”。一是使事用典多，填书塞典，满篇皆是；二是字数多，动辄上百韵。这两种情况，都令读者反感。

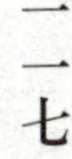

人专必传

原文

“传”字“人”旁加“专”，言人专则必传也。尧、舜之臣只一事，孔子之门分四科，亦专之谓也。唐人五言工，不必七言也；近体工，不必古风也。宋以后，学者好夸多而斗靡。善乎方望溪云：“古人竭毕生之力，只穷一经；后人贪而兼为之：是以循其流而不能溯其源也。”

译文

传”这个字是“人”字旁加个“专”字，说明人有专长必然会名传后世。尧、舜的臣每人只管理一种事，孔子的门下分有四个科目，也是“专”的意思。唐代诗人精于五言诗，便不必精于七言诗了；精于近体诗，便不必精于古体诗了。宋代以后，学者喜好夸耀自己渊博竞相显示自己的作品丰富。方苞讲得好：“古人以毕生的精力，只钻研一门学问；后人贪多要钻研多门学问：这是只沿循支流而不能溯源的做法呀！”

评点

袁枚认为学诗者对各种诗体应有所侧重，说：“唐人五言工，不必七言也；近体工，不必古风也。”有所侧重，便能精深，便可能写出足以传世的精品。如总想样样皆通，只能“循其流而不能溯其源”，往往是浅尝辄止，所作的诗文难免是平庸之作。

善藏其短 长乃愈见

原文

郑夹漈极夸杜征南之注《左传》、颜师古之注《汉书》，妙在不强不知以为知。杜不长于鸟兽虫鱼，颜不长于天文地理，故俱缺乏，不假他人以訾议也。余谓作诗亦然：青莲少排律，少陵少绝句，昌黎少近体。善藏其短，而长乃愈见。

译文

郑樵极力称赞杜预注《左传》、颜师古注《汉书》，优点在于对不知道的不勉强装作知道。杜预不精通鸟兽虫鱼，颜师古不精通天文地理，因此在这方面都空缺，不给别人留下指责的机会。我认为作诗也是这样：李白排律很少，杜甫绝句很少，韩愈近体很少。善于藏起自己的短处，长处便会更显得突出。

评点

袁枚一再强调，学诗者应有自知之明，根据自己的条件去写作能足以胜任的诗体。他在《再与沈大宗伯书》中写道："古人成名，各就其诣之所极，原不必兼众体。"诗人都各有所长，各有所短，有成就的诗人都能扬长避短，善于藏拙。如"青莲少排律，少陵少绝句，昌黎少近体"，就是这样做的。袁枚在《续诗品》第二十三首中写道："因謇徐言，因跛缓步。善藏其拙，巧乃益露。"所讲的都是藏拙显巧的辩证道理。

拙于自言 自文其陋

原文

顾宁人曰："夫其巧于和人者，其胸中本无诗，而拙于自言者也。"又曰："舍近今恒用之字，而借古字之通用以相矜者，此文人之所以自文其陋也。"

译文

顾炎武说："那些善于和别人诗的人，他的内心里本来就没有诗，而是不善于自己去独创的人。"又说："舍弃当今人们常用的字，而以古字的通假来相夸耀，这是某些文人以此来掩饰自己的浅陋。"

评点

在这则诗话中，袁枚批评了两种现象，一是只善于和别人的诗，一是舍弃当今人们常用的字，而去用一些生僻的"通假字"。前者说明这种人缺少创作的才能，不善于表达自己的情感；后者则是借以吓人，掩盖自己的浅陋。袁枚所强调的是诗人应有独创精神；做学问应老老实实。这是学者的一种修养。

不悦西施之影

原文

人悦西施，不悦西施之影。明七子之学唐，是西施之影也。

译文

人们喜欢西施，不喜欢西施的影子。明代七子学习摹仿唐人，便是西施的影子了。

评点

这则诗话仅四句，却表述了真实是诗的生命这一重要道理。袁枚《答蕺园论诗书》写道：“以千金之珠易鱼之一目，而鱼不乐者，何也？目虽贱而真，珠虽贵而伪。”形象地说明了这个道理。《淮南子·说山训》写道：“画西施之面，美而不可悦。”可见真善美是分不开的。

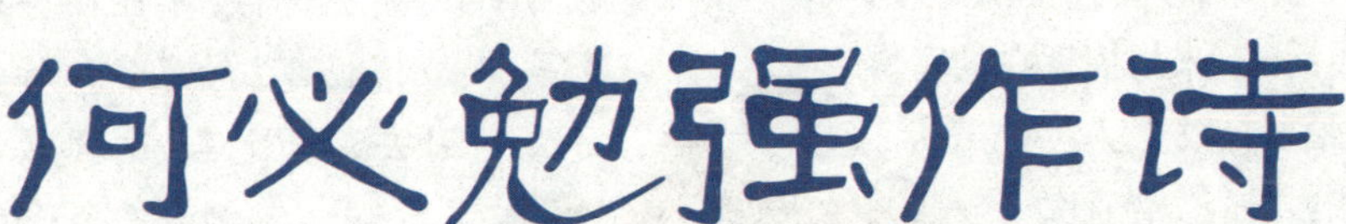

何必勉强作诗

原文

皋陶作歌，禹、稷无闻；周、召作诗，太公无闻；子夏、子贡可与言诗，颜、闵无闻。人亦何必勉强作诗哉？

译文

古代有关于皋陶作歌的记载，却没听说过大禹、后稷会作歌；有关于周公、召公作诗的记载，却没听说过太公会作诗；孔子与他的学生子夏、子贡谈论诗，却没听说过与颜渊、闵子骞谈论诗。那些没有作诗才能的人何必勉强去作诗呢？

评点

诗是情感的自然流露，又须有作诗的天分，不具备这些条件，勉强去写，是写不出好诗来的。何必勉强作诗。

可悟诗文之道

原文

宋史："嘉佑间，朝廷颁阵图以赐边将。王德用谏曰：'兵机无常，而阵图一定，若泥古法，以用今兵，虑有偾事者。'"《技术传》："钱乙善医，不守古方，时时度越之，而卒与法会。"此二条，皆可悟作诗文之道。

译文

《宋史》记载："嘉佑年间，朝廷为守边的将士颁发作战阵图。王德用进谏说：'战况变化无常，而阵图则固定不变，如同墨守古代兵法，来指挥现在的军队作战，恐怕要打败仗。'"《技术传》记载："钱乙精通医术，不墨守古人的药方，经常超过古人的做法，最终还是与医道相合。"这两种情况，都可从中感悟到作诗的道理。

评点

带兵，不能按事先画好的阵图去作战；行医，不能泥守古方一成不变去治病。作诗也与带兵、行医一样，不能按诗谱去填写，而应根据自己的感受和诗的题目去灵活处理。这样做的结果，反倒会更合乎诗的法度。

音韵风华 固不可少

原文

宋曾致尧谓李虚己曰："子诗虽工，而音韵犹哑。"《爱日斋诗话》曰："欧公诗，如闺中孀妇，终身不见华饰。"味此二语，当知音韵、风华，固不可少。

译文

宋代人曾致尧对李虚己说："您的诗虽然很工整了，但音韵还不够响亮。"《爱日斋诗话》写道："欧阳修的诗，好像闺阁中的寡妇，终身不见华丽的服饰。"体会这两句话，应当懂得音韵和谐、词藻华美，对于一首好诗来说本来是不可缺少的。

评点

在这则诗话中，袁枚强调一要讲究音韵；二要注重词采。二者缺一不可。王若虚《滹南诗话》写道："诗之有韵，如风中之竹，石间之泉，柳上之莺，墙下之蛩，风行铎鸣，自成音响。"音韵不仅要响亮，还要自然，有如天籁，这样才有音乐美。作为一首好诗，除有音乐感，还应该色彩艳丽，令人赏心悦目。袁枚在《续诗品》第十一首中写道："明珠非白，精金非黄。美人当前，烂如朝阳。"贵重之物，不仅要有好的内质，还应有美的形式。

闻乐与入市

原文

某太史自夸其诗：不巧而拙，不华而朴，不脆而涩。余笑谓曰："先生闻乐，喜金丝乎？喜瓦缶乎？入市，买锦绣乎？买麻枲乎？"太史不能答。

译文

某位太史夸耀自己的诗：不新巧而是古拙，不华丽而是朴实，不清脆而是滞涩。我笑着对他说："先生您欣赏音乐，喜欢听弹拨丝弦的声音呢？还是喜欢听敲击瓦罐的声音呢？到街市上购物，喜欢买细软的锦绣呢？还是喜欢买粗糙的麻布呢？"这位太守无言以对。

评点

这则诗话从另一个角度强调诗的音韵与词采。某些人片面强调语言朴拙、音韵涩滞，以此为庄重雅正。袁枚以欣赏音乐与入市购物为比喻，阐述了音韵响亮、词采华美的诗才受读者欢迎的道理。

迂谬已极

原文

宋沈朗奏："《关雎》、夫妇之诗，颇嫌狎亵，不可冠《国风》。"故别撰尧、舜二诗以进。敢翻孔子之案，迂谬已极。而理宗嘉之，赐帛百匹。余尝笑曰："《易》以《乾》、《坤》二卦为首，亦阴阳夫妇之义。沈朗何不再别撰二卦以进乎？"且《诗经》好序妇人：咏姜嫄则忘帝喾，咏太任则忘太王；律以宋儒夫为妻纲之道，皆失体裁。

译文

南宋人沈朗上奏朝廷："《关雎》这首诗，描写夫妻之间的事情，很轻佻不庄重，不配作《诗经·国风》的第一首诗。"因此另外抄写了尧、舜二帝的两首诗进送给宋理宗。沈朗敢翻孔子的案，迂腐荒谬到了极点。然而理宗却嘉奖他，赏赐他帛百匹。我曾经讥笑说："《易经》以乾、坤二卦为首卦，乾坤也是阴阳夫妻的意思。沈朗为何不另外再撰写二卦进送给朝廷呢？"况且《诗经》中的诗喜欢描写妇女：歌咏姜嫄而忘却了帝喾，歌咏太任而忘却了太王；以宋儒夫为妻纲的标准来衡量，都是不合乎体制的。

评点

南宋理学最盛，严重地扼杀人的性情，竟然有人提出《关雎》一诗，因写男女之情，不应作为《诗经》的第一首诗。袁枚斥之为"迂谬已极"。袁枚批驳这种谬论，就是对他的"性灵说"的捍卫。

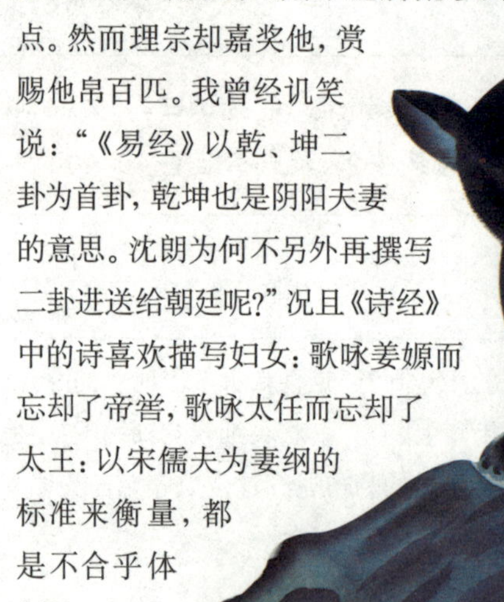

各从其志

原文

顾宁人言："《三百篇》无不转韵者。唐诗亦然。惟韩昌黎七古，始一韵到底。"余按《文心雕龙》云："贾谊、枚乘，四韵辄易；刘歆、桓谭，百韵不迁：亦各从其志也。"则不转韵诗，汉、魏已然矣。

译文

顾炎武说："《诗经》中的诗没有一首不转韵的。唐诗也是这样。只有韩愈的七言古诗，开始一个韵用到最后。"我说明一下，考察《文心雕龙》有这样一段话："贾谊、枚乘，四句便换韵了；刘歆、桓谭，一百句也不变韵：也是各自服从自己的志趣了。"其实一韵到底不转韵的诗，汉、魏时已经有了。

评点

诗转韵还是一韵到底，这两种情况都古已有之。《诗经》中的诗，几乎没有不转韵的。而不转韵的诗，汉、魏时业已出现。这两种做法，无优劣可分，完全取决于诗人的习惯和兴趣，即"各从其志也"。

一改旧习 人以为怪

原文

王氏《续通考》言："唐武夷山人吴棫深恶沈约、周颙之韵，以为穿凿无理。乃稽考《毛诗》、《周易》、《尚书》，而别为韵书，分'麻''遮'、'归''飞'为二，合'东''冬'、'江''阳'为一。"予以为此《洪武正韵》之先声也。然积习已久，虽帝王之力，尚不能挽；况其下乎？文公逆祀，去者三人；定公顺祀，叛者三人。商鞅废井田而天下怨，王莽复井田而天下怨。一改旧习，人以为怪。从前解经者，河北宗王，河南宗郑。今之经解，专宗程朱，亦《诗韵》类耳。

译文

王圻在《续文献通考》中记载："唐代武夷山人吴棫特别厌恶沈约、周颙关于音韵的学说，认为穿凿附会没有道理。便考证《诗经》、《周易》、《尚书》，另编一部韵书，将"麻""遮"与"归""飞"各分为两个韵部。将"东""冬"与"江""阳"各合为一个韵部。我认为这是《洪武正韵》的先声。然而积习已经年深日久，虽然是帝王的权力，也不能使这种习惯改变，何况是帝王之下的人呢？文公违背祭祀的体例，有三个人离去；定公顺应祭祀的体例，有三个大臣背叛。商鞅废除井田制引起普天下的怨恨；王莽恢复井田制引起普天下的怨恨。一旦改变旧有的习惯，人们便认为荒诞奇怪。从前解注经书的，河北尊崇王肃，河南尊崇郑玄。当今解注经书，只是尊崇程颢、程颐和朱熹，也像《诗韵》那样积习难改。

评点

唐代人吴棫所编的韵书，显然是根据当时的语音，对旧韵书进行了调整，是不无道理的。可以说是明太祖朱元璋钦定的《洪武正韵》的先声。但是这些新编的韵书都推广不了，连皇帝都无能为力，何况平常人了。原因是旧韵书虽不尽合理，但人们已经习以为常，形成了一种习惯势力，一改旧习，便人以为怪了。

无斧凿痕 无填砌痕

原文

用巧无斧凿痕，用典无填砌痕，此是晚年成就之事。若初学者，正要他肯雕刻，方去费心；肯用典，方去读书。

译文

用心构思而不露斧凿痕迹，用典使事而不觉填塞堆砌，这是老诗人成熟老练的表现。如果是初学写诗的人，正因为他肯于雕章琢句，才去用心构思；肯于使事用典，才去读书。

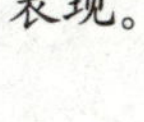

评点

袁枚并非简单地反对雕刻与用典，而是强调要自然贴切，不露痕迹。能如此，是一个诗人成熟老练的表现。

不似韩与颇似韩

原文

欧公学韩文，而所作文，全不似韩：此八家中所以独树一帜也。公学韩诗，而所作诗颇似韩；此宋诗中所以不能独成一家也。

译文

欧阳修学韩愈的古文，所作的古文，完全不像韩愈所作：正因为这样在唐宋八大家中才能独树一帜。欧阳修学韩愈的诗，所作的诗很像韩愈所作：正因为这样在宋诗中才不能自成一家。

评点

袁枚以欧阳修学韩愈诗文为例，说明学古人应学其内在精神，而不是徒有其表的外在摹仿。

空架虽立 诸妙尽捐

原文

七律始于盛唐，如国家缔造之初，宫室粗备，故不过树立架子，创建规模；而其中之洞房曲室，网户罘罳，尚未齐备。至中、晚而始备，至宋、元而愈出愈奇。明七子不知此理，空想挟天子以临诸侯：于是空架虽立，而诸妙尽捐。《淮南子》曰："鹦鹉能言，而不能得其所以言。"

译文

七言律诗形成于盛唐，如同一个国家初建的时候，宫殿房屋粗略地建起来，只不过树立起一个框架，创建起总体的规模；其中深邃曲折的房屋内室，门窗屏风，还都没有齐备。到了中、晚唐才开始齐备，到了宋代、元代愈来愈层出不穷、花样翻新。明代七子不懂得这个道理，空想摹仿唐人便可以居高临下，盛气凌人：结果是虽然立起来一个空架子，各种精妙的细微之处都丢掉了。《淮南子》写道："鹦鹉虽然会说话，但不能弄明白所说的话是什么意思。"

评点

七言律诗也和其他事物一样，有一个形成和发展的过程。盛唐时是七律刚刚形成的时候，只是规模初具。明七子只学盛唐，因此只有一个空架子，更多的发展变化均未能学到。袁枚在诗话中多次指责明七子摹拟盛唐，这则诗话从七律发展过程立论，批驳明七子只学盛唐的荒谬，其说理性更强。

郑板桥爱徐青藤诗

原文

郑板桥爱徐青藤诗，尝刻一印云："徐青藤门下走狗郑燮。"童二树亦重青藤，《题青藤小像》云："抵死目中无七子，岂知身后得中郎？"又曰："尚有一灯传郑燮，甘心走狗列门墙。"

译文

郑燮喜爱徐渭的诗，曾刻一枚印章："徐青藤门下走狗郑燮。"童钰也推重徐渭，《题青藤小像》诗写道："抵死目中无七子，岂知身后得中郎。"又写道："尚有一灯传郑燮，甘心走狗列门墙。"

评点

明代文学家徐渭，初字文清，后改文长，号天池山人、青藤道士、田水月，对诗、散文、书法、绘画及戏曲均有独到的贡献。清代书画家、诗人郑燮，性格狂放慷慨，却对徐渭无限崇拜，自称是"徐青藤门下走狗"。郑燮、徐渭，以及为徐渭作传的袁宏道，他们的诗文，都不事摹拟，独抒性情，这正是袁枚所赏识之处。

不可开卷便是

原文

有某以诗见示，题皆“雁字”、“夹竹桃”之类。余谓之曰：“尊作体物非不工；然享宴者，必先有三牲五鼎，而后有葵菹蜓醢之供；造屋者，必先有明堂大厦，而后有曲室密庐之备。以此类题，大家集中，非不可存；终不可开卷便是。韩昌黎与东野联句，古奥可喜。李汉编集，都置之卷尾；此是文章局面，不可不知。”

译文

有一个人拿来他作的诗让我看，诗题都是“雁字”、“夹竹桃”之类。我对他说：“您的大作在描写景物方面不是不精妙；然而比如一个人享用酒宴，首先必定有盛馔佳肴，然后才能上各色小菜以供品尝；又如建造房屋，必须先有明亮的厅堂宽敞的楼厦，然后才有曲折的内室隐密的屋舍。这样一类的题目，在名家的诗集中，不是不可以有；总不能开卷就是这些题目的诗作。韩愈与孟郊二人的联句，古拙深奥，令人喜爱。然而李汉编辑诗集时，将这一类诗都放在诗卷末尾处：这是诗文的格局，不能不懂得。

评点

袁枚论诗主性灵，同时也承认诗的题材有轻重大小之别。如“雁字”、“夹竹桃”这类不重大的题材，不是不能写，但不应将其放在那些题材较为重大的诗作之前，“不可开卷便是”。

写景易　言情难

原文

凡作诗，写景易，言情难。何也？景从外来，目之所触，留心便得；情从心出，非有一种芬芳悱恻之怀，便不能哀感顽艳。然亦各人性之所近：杜甫长于言情，太白不能也。永叔长于言情，子瞻不能也。王介甫、曾子固偶作小歌词，读者笑倒，亦天性少情之故。

译文

大凡作诗，描写景物容易，抒发情感就难了。为什么呢？景物来自于外界，眼睛所见到之处，细心观察便可以获得；情感来自于内心，没有一种美好凄楚的情怀，便不能写得哀婉感人。然而也是根据每个人的性情不同而各有所长：杜甫善于抒情，李白则不能。欧阳修善于抒情，苏轼则不能。王安石、曾巩偶然写作短歌小词，令读者忍不住发笑，也是因为他们天生情感不丰富的缘故。

评点

袁枚不仅指出“写景易，言情难”，而且论述了“难”与“易”的原因。意在提醒学诗者注重言情，在言情方面多下功夫。其实，在一些优秀诗作中，总是景为情设，情因景生，情景交融，密不可分的。所谓“杜甫长于言情，太白不能也。永叔长于言情，子瞻不能也”也只能是相对而言。而且情非一种，有儿女之柔情，亦有大英雄之豪情，因人而异，因诗而异。

不可一概而论

原文

周德卿之言曰："文章徒工于外者，可以惊四筵，不可以适独坐。"斯言也，余颇非之。文章非比阴德，不求人知。景星庆云，明珠美玉，谁不一见即知宝贵哉？吟蛩唧唧，呓语愔愔，彼虽自鸣得意，岂足传之不朽？得之虽苦，出之须甘；出人意外者，仍须在人意中；古名家皆然。况四座之惊，有知音，有不知音；独坐之适，有敝帚之享，有寸心之知；不可一概而论。

译文

周德卿说过这样的话："文章只有华美的外部形式，可以使在座的众人惊叹，却不能使一个人独坐仔细品味时而叹服。"这些话，我很不赞同。文章不同于一个人暗中做好事，不求别人知道。秀丽的风光，美好的珠玉，谁不一看就知道它们宝贵呢？蟋蟀唧唧鸣叫，梦中愔愔呓语，尽管他们自鸣得意，怎么能传之不朽？虽然是苦心经营得来的，但要表现得轻松自如；既是出人意料之外，又要在人的情理之中；古代有名的诗人都是这样。何况在座众人的惊叹，有懂诗的，也有不懂诗的。独自一人坐在那里品味，有的虽然不好也自已珍惜，有的确实在心中深深地理解，不应该一概而论。

评点

袁枚认为优秀的诗文，既能使四座惊叹，也能使独坐者叹服。低劣之作，无论如何也无法感人，当然便不会流传而不朽了。

出新意 去陈言

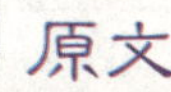

原文

司空表圣论诗，贵得味外味。余谓今之作诗者，味内味尚不能得，况味外味乎？要之，以出新意、去陈言，为第一着。《乡党》云：“祭肉不出三日；出三日，则不食之矣。”能诗者，其勿为三日后之祭肉乎！

译文

司空图评论诗，强调要有味外之味。我说如今作诗的人，味内之味还得不到，何况味外之味了？重要的是，要写出新意，去掉陈旧的语言，这是第一位的。《论语·乡党》写道：“祭祀祖先的肉不能超过三天；超过三天，就不吃了。”善于作诗的人，不会让他的诗成为三天后的祭肉呀！

评点

诗文贵在创新。方东树《昭昧詹言》写道：“新意清词易陈言熟语。”“惟陈言之务去”，是韩愈的一句名言。袁枚在这则诗话中强调指出：“要之，以出新意、去陈言，为第一着。”将此事放在作诗文的第一重要的位置上。只有这样，诗才能鲜活而有生命力。袁枚在《续诗品》第二十首中写道：“大官筵馔，何必横陈。老生常谈，嚼蜡难闻。”满篇是陈言套语，必然是味同嚼蜡，毫无诗意可言了。

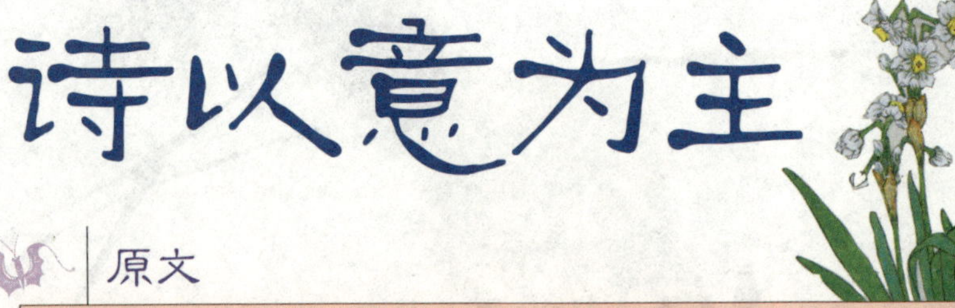

诗以意为主

原文

博士卖驴，书券三纸，不见“驴”字，此古人笑好用典者之语。余以为：用典如陈设古玩，各有攸宜：或宜堂，或宜室，或宜书舍，或宜山斋；竟有明窗净几，以绝无一物为佳者，孔子所谓“绘事后素”也。世家大族，夷庭高堂，不得已而随意横陈，愈昭名贵。暴富儿自夸其富，非所宜设而设之，置械窬于大门，设尊罍于卧寝：徒招人笑。吴西林云：“诗以意为主，以辞采为奴婢；苟无意思作主，则主弱奴强，虽童指千人，唤之不动。古人所谓诗言志，情生文，文生韵：此一定之理。今人好用典，是无志而言诗；好叠韵，是因韵而生文；好和韵，是因文而生情。儿童斗草，虽多亦奚以为！”

译文

博士卖驴，书写了三张券契，也没用一个“驴”字。这是古人嘲笑喜欢用典的人的话。我认为，使用典故就像是陈设古董，各有所适合摆放的地方，有的适合摆放在正堂，有的适合摆放在内室，有的适合摆放在书房，有的适合摆放在山中的斋舍；竟然也有明亮的窗子下清洁的案几上，以绝不摆放任何东西为好的，正如孔子所说的“先有洁白的素地，然后再画上图来装饰它。”了。世代为官宦的名门贵族，高堂广厦，各种珍贵的物品随便摆放，更加显得名贵不凡。暴发户夸耀自己的财富，不适合摆放的地方而去摆放，在大门的地方又设置个小门，将酒具摆设在寝室里：这样做只能引人发笑。吴颖芳说：“作诗应当以立意为主人，以辞藻文采为奴仆，如果思想内容苍白而作主人，势必主弱奴强，即使可供指使的童仆有千人，却一个也招唤不动。古人所说的以诗来表达自己的志向，有感情才能形成文章，形成文章才有韵律；这是固定不变的道理。如今写诗的人喜欢用典，是没有意志而去作诗；喜欢叠韵，是根据韵律来作诗文；喜欢和韵，是为作诗文而煽情。好像儿童斗草游戏，虽然很多也没什么用处！”

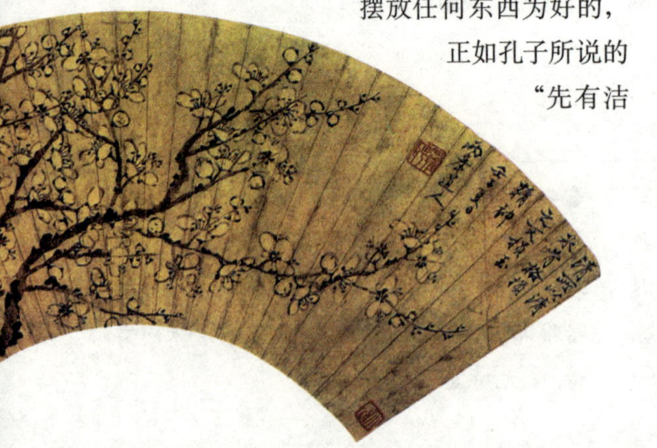

评点

诗文以“意”为主，是我国古代文论的一个优良传统。《尚书·尧典》“诗言志”的“志”，就是“意”。历代文论家对此几乎没有异义。南朝宋人范晔《狱中与诸甥侄书》写道：“以意为主，以文传意。”唐代杜牧《答庄充书》写道：“凡为文以意为主，以气为辅，以辞采章句为之兵卫。”宋代刘攽《中山诗话》写道：“诗以意为主，文词次之。”袁枚在这则诗话中，引用吴颖芳的话，表述了“诗以意为主”的思想，辞采、音韵、典故等等，无不是为“意”服务的。如果是词肥意瘦，即等于主弱奴强，必然是指挥不灵，导致诗作的失败。袁枚在《续诗品》第一首中便写道：“意似主人，辞如奴婢。主弱奴强，呼之不至。”是学诗者首先应记取的。

欲作佳诗 先选好韵

原文

欲作佳诗，先选好韵。凡其音涉哑滞者，晦僻者，便宜弃舍。“葩”即“花”也，而“葩”字不亮；“芳”即“香”也，而“芳”字不响：以此类推，不一而足。宋、唐之分，亦从此起。李、杜大家，不用僻韵；非不能用，乃不屑用也。昌黎斗险，掇《唐韵》而拉杂砌之，不过一时游戏：如僧家作盂兰会，偶一布施穷鬼耳。然亦止于古体、联句为之。今人效尤务博，竟有用之于近体者。是犹奏雅乐而杂侏儒，坐华堂而宴乞丐也，不已慎乎！

译文

要想把诗作好，应首先选好所用的韵。凡是音韵有些暗哑迟滞、晦涩生僻的，便应当舍弃不用。“葩”字与“花”字意思相同，但“葩”字不响亮；“芳”字与“香”字意思相同，但“芳”字不响亮：这样推论下去，真是太多了。唐诗与宋诗的区别，也是从这方面开始的。李白、杜甫是大诗人，他们都不用生僻韵部；不是没有用僻韵的能力，而是不屑于去用。韩愈喜欢用险韵，从《唐韵》中找出一些险韵字拉拉杂杂地堆砌在诗的韵脚处，这不过是偶尔的文字游戏：好像僧人们举办的盂兰会，偶尔为穷鬼施舍一下罢了。然而这也只限于古体诗，或与人联句时才这样做。当今的某些诗人仿效这样的做法以显示自己的渊博，竟然有人用这种僻韵写作近体诗。这好像演奏雅乐时夹杂有猥琐的矮小的人，在华丽厅堂的盛宴上混杂有讨饭的叫花子，这不已经是颠倒错乱了吗？

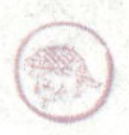

评点

我国古代最早的诗，都是能被诸管弦可以歌唱的，诗与音乐有着密不可分的关系。袁枚在这则诗话中写道："欲作佳诗，先选好韵。"因为韵选得好不好，关系到诗是否具有音乐美的问题。因此他强调应仔细分辨字音是响亮还是哑滞，要选用前者，舍弃后者。他在《续诗品》第十二首中写道："诗本乐章，按节当歌。"在第九首中写道："韵八千字，人何乱探。"应认真选用韵脚字，不能信手拈来，草率从事。

不用生典

原文

唐人近体诗，不用生典：称公卿，不过皋、夔、萧、曹，称隐士，不过梅福、君平，叙风景，不过"夕阳"、"芳草"，用字面，不过"月露风云"，一经调度，便日月崭新。犹之易牙治味，不过鸡猪鱼肉；华佗用药，不过青粘漆叶：其胜人处，不求之海外异国也。余《过马嵬吊杨妃》诗曰："金乌锦袍何处去，只留罗袜与人看。"用《新唐书·李石传》中语，非僻书也，而读者人人问出处。余厌而删之，故此诗不存集中。

译文

唐代诗人所作的近体诗，不使用生僻的典故：称公卿大臣，不过是皋、夔、萧何、曹参，称隐逸之士，不过是梅福、严君平，描述风景，不过是“夕阳”、“芳草”，就修饰字面来说，不过是“月露风云”这些字，一旦经过调度搭配，便会变得使人有耳目一新之感。好像易牙调治佳肴美味，其原料不过是常见的鸡猪鱼肉；华佗治病用药，不过是青粘漆叶之类：超过别人的地方，也用不着到海外异国去寻找。我在《过马嵬吊杨妃》诗中写道：“金鸟锦袍何处去，只留罗袜与人看。”所使用的是《新唐书·李石传》中的话，并不是出自不常见的僻书，然而很多读者都在询问这两句话的出处。我因为厌恶这种情况便将这首诗删掉了，因此这首诗已经不在我的诗集之中了。

评点

袁枚在诗话中多次谈及不应在诗中堆垛典故，更不应使用读者很难知道的生僻典故。在这则诗话中，他首先以唐代诗人为例，说明好诗不用生典的道理。而且还现身说法，自己所作的诗使用的虽然不是生典，只因读者不知道出处，便从诗集中将这首诗删除了。以唐诗为例和以自己为例，都是为了增强这则诗话的说服力。

一时兴会所触

原文

怀古诗，乃一时兴会所触，不比山经地志，以详核为佳。近见某太史《洛阳怀古》四首，将洛下故事，搜括无遗，竟有一首中，使事至七八者。编凑拖沓，茫然不知作者意在何处。因告之曰：“古人怀古，只指一人一事而言，如少陵之《咏怀古迹》：一首武侯，一首昭君，两人相羼也。刘梦得《金陵怀古》，只咏王浚楼船一事，而后四句，全是空描。当时白太傅谓其‘已探骊珠，所余鳞甲无用’。真知言哉！不然，金陵典故，岂王浚一事？而刘公胸中，岂止晓此一典耶？”

译文

咏怀古迹的诗，是一时有感而发，不同于地理志书，以详细准确为好。近来阅读某位太史所作《洛阳怀古》四首，将有关洛阳方面的故事，全都搜集到了，竟然在一首诗中，使事用典有七八处之多。拼凑堆砌拖沓，使读者无法了解诗作者的用意究竟在什么地方。于是我告诉他说：“古代诗人所作的怀古诗，只是专指一个人一件事来咏叹书怀，如杜甫《咏怀古迹》诗：一首写诸葛武侯，一首写王昭君，二者互不相混。刘禹锡《金陵怀古》诗，只是歌咏王浚楼船一件事，后面的四句诗，全都是虚写抒情。当时白居易说刘禹锡‘已找到了骊龙的宝珠，所剩下来的残鳞败甲也没什么用了’。这真是极为精辟的话呀！不然的话，有关金陵的典故，岂止王浚楼船一件事？在刘禹锡的心中，岂止仅知道这一个典故呢？”

评点

这则诗话虽然也在谈用典问题，但不再是泛泛地议论，而是就怀古诗有关用典问题来立论，因此更为具体。怀古诗似乎更适于使用典故，但袁枚认为怀古诗也是诗人一时兴会所触，不同于“山经地志”，仍不可填书塞典。这种观点是正确的。袁枚引用的刘禹锡《金陵怀古》诗有误。白居易谓其“已探骊珠”，乃“山围故国周遭在，潮打空城寂寞回。淮水东边旧时月，夜深还过女墙来”这首七绝。用王浚一事则是七律《西塞山怀古》。金陵怀古，多用六朝事，刘禹锡这首诗只写了山水、空城和明月，更加使人感到六朝的繁华已荡然无存了。不用典故，更觉含蓄有余味。

余学诗所由始

原文

余幼时家贫，除“四书”、“五经”外，不知诗为何物。一日，业师外出，其友张自南先生携书一册，到馆求售，留札致师云：“适有亟需，奉上《古诗选》四本，求押银二星；实荷再生，感非言罄。”予舅氏章升扶见之，语先慈曰：“张先生以二星之故，而词哀如此，急宜与之。留其诗可，不留其诗亦可。”予年九岁，偶阅之，如获珍宝。始《古诗十九首》，终于盛唐。伺业师他出，及岁终解馆时，便吟咏而摹仿之。呜呼！此余学诗所由始也。自南先生其益我不已多乎！

译文

我幼年的时候家境贫穷，除了“四书”、“五经”之外，不知道诗是什么东西。有一天，我的老师有事外出了，他的朋友张自南先生携带一册书，到我读书的私塾来出卖，在给我的老师留下的字条上写道：“正遇上急需用钱，拿来《古诗选》四本，售价二星银子就可以了；实在是蒙受再生的恩德，激感之情无法说尽。”我舅舅章升扶看见这张字条，对我母亲说：“张先生因急需二星银子，言词如此恳切哀婉，应该尽快给他银子。留下他的《古诗选》可以，不留下他的《古诗选》也可以。”那年我九岁，偶尔翻阅这本《古诗选》，真是如获至宝。这本《古诗选》从《古诗十九首》开始，至盛唐为止。在我的老师有事外出时，或在年终私塾学馆放假时，我便吟诵这本诗并且摹仿着作诗。啊！我学诗作诗便是从此开始的。自南先生使我受益匪浅，对我的帮助太大了。

评点

在这则诗话中，袁枚讲述了幼年时是怎样开始学诗的。因家贫无力买书，只读“四书”、“五经”，不知诗为何物。偶然机会接触一本《古诗选》，“如获珍宝”，“便吟咏而摹仿之”，这就是他“学诗所由始”。致使他终生感谢送这本《古诗选》的张自南先生。袁枚似乎以此激励读者，诗书满架，何不珍惜时间，集中精力，去读诗学诗呢！

王士祯的五戒

原文

阮亭尚书自言一生不次韵，不集句，不联句，不叠韵，不和古人之韵。此五戒，与余天性若有暗合。

译文

王士祯尚书自己说过一生不作次韵诗，不作集句诗，不作联句诗，不作叠韵诗，不作和古人韵的诗。这五条戒律，与我的天性似乎暗自相合。

评点

虽然王士祯的神韵说与袁枚的性灵说有别，但袁枚仍赞同王士祯的“五戒”，因为那样做不仅冲淡诗的神韵，更束缚诗人的性情。

梦中神合与白昼现形

原文

周栎园论诗云：“学古人者，只可与之梦中神合；不可使其白昼现形。”至哉言乎！

译文

周亮工谈论诗时说道：“学习古代诗人，只应该在梦中与古人神交；不应该在白天让古人现形。”这真是至理明言呀！

评点

所谓“梦中神合”，指学习古诗的神韵；所谓“白昼现形”，指摹仿古诗的皮毛。周亮工以这句生动形象的话，表述了如何学习古人的抽象道理，给读者留下深刻印象。

旧句时时改

原文

周元公云：“白香山诗似平易，间观所存遗稿，涂改甚多，竟有终篇不留一字者。”余读公诗云：“旧句时时改，无妨悦性情。”然则元公之言信矣。

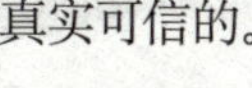

译文

周元公说：“白居易的诗看似通俗易懂，有一次我看到保存下来的他的遗稿，涂抹修改的地方很多，竟然有全篇无一个字不改的。”我读他的诗时写道：“旧句时时改，无妨悦性情。”元公所说的话是真实可信的。

评点

袁枚曾在诗话中写道：“虽云天籁，亦须从人功求之。”在《续诗品》第三十二首中写道：“白傅改诗，不留一字。今读其诗，平平无异。”反复修改后的平易，诗味更浓。

学杜者不可不知

原文

明郑少谷诗学少陵，友林贞恒讥之曰："时非天宝，官非拾遗，徒托于悲哀激越之音，可谓无病而呻矣！"学杜者不可不知。

译文

明代人郑善夫作诗专门学杜甫，他的朋友林燫讥讽他说："时代不是唐代的天宝年间了，你的官职又不是拾遗，写作这些悲哀激越的诗毫无意义，可以说是无病呻吟了！"学习杜甫的人不应该不懂得这个道理。

评点

时代与身份均与古人不同，因此学古人诗只应学其神韵，不应因袭摹仿。

求工反拙

原文

余引泉过水西亭，作五律，起句云："水是悠悠者，招之入户流。"隔数年，改为"水淡真吾友，招之入户流。"孔南溪方伯见曰："求工反拙，以实易虚，大不如原本矣。"余憬然自悔，仍用前句。因忆四十年来，将诗改好者固多，改坏者定复不少。

译文

我将泉水引过水西亭，作一首五言律诗，开头处写道："水是悠悠者，招之入户流。"相隔数年之后，我将这两句改为"水淡真吾友，招之入户流。"孔南溪方伯看后说："追求精妙反倒显得笨拙，用实写替代虚写，很不如原来好了。"我醒悟后悔不该这样改，于是仍然采用原来的句子。于是回想四十年来，将诗改好的情况固然很多，将诗改坏的情况定然还有不少。

评点

袁枚一向很重视对诗稿的修改，在《续诗品》第二十六首中写道："知一重非，进一重境。"并在《遣兴》之一中写道："一诗千改始心安。"但同时他也指出，诗不可擅改。在这则诗话中，袁枚便讲述了自己曾经将诗改得不如原来的教训。改坏的原因是"以实易虚"，结果是"求工反拙"了。

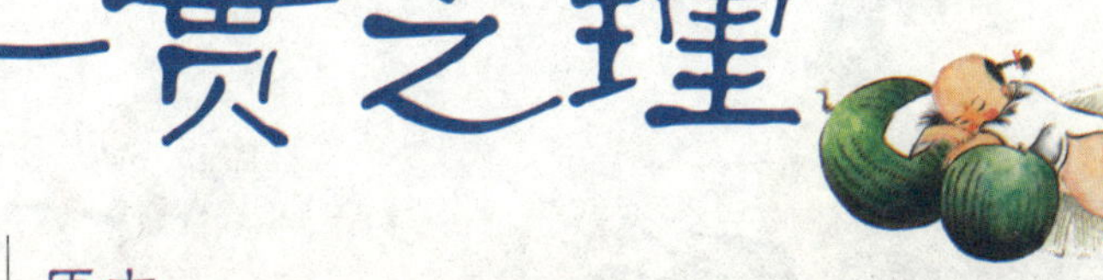

一贯之理

原文

时文之学，有害于诗；而暗中消息，又有一贯之理。余案头置某公诗一册，其人负重名；郭运青侍讲来，读之，引手横截于五七字之间，曰："诗虽工，气脉不贯。其人殆不能时文者耶？"余曰："是也。"郭甚喜，自夸眼力之高。后与程鱼门论及之，程亦韪其言。余曰："古韩、柳、欧、苏，俱非为时文者，何以诗皆流贯？"程曰："韩、柳、欧、苏所为策论应试之文，即今之时文也。不曾从事于此，则心不细，而脉不清。"余曰："然则今之工于时文而不能诗者，何故？"程曰："庄子有言：'仁义者，先王之蘧庐也；可以一宿，而不可以久处也。'今之时文之谓也。"

译文

有关八股文的学问，对于诗文的写作是有害的，然而其中包含的某些技巧，又有彼此相通的道理。我的书案上摆放有某人的一册诗稿，这个人的名气很大；郭运青侍讲到我这里来，阅读了这册诗稿，伸出手在一句诗的第五字与第七字之间横截开来，说：“诗虽然写得很精妙，但是诗的气脉不够连贯。这个人恐怕不会作八股文吧？”我回答说：“是这样的。”郭运青很高兴，夸耀自己的眼力很高。后来我和程晋芳谈到这件事情，程晋芳也赞同郭运青的话。我说：“古人韩愈、柳宗元、欧阳修、苏轼，都不是写八股文的，为什么他们的诗文都写得那样流畅？”程晋芳说：“韩愈、柳宗元、欧阳修、苏轼科举所作的策论应试的文章，也就是今天的八股文。如果没有曾经写作过这类文章，便会心思不细密，脉络不清晰。”我说：“可是如今某些善于写作八股文而不善于作诗的人又是什么原因呢？”程晋芳说：“庄子说过这样的话：‘仁义，有如先王的茅庐，可以暂住一夜，却不能长久地住在这里。’也可以用这些话来说明今天的八股文。”

评点

袁枚在诗话中已多次指出八股文对人的性情的桎梏，诗文中切不可有八股气。但也有另外的一面，如八股文讲究起、承、转、合的布局和气脉，可资诗文的借鉴，有利于诗文气脉的贯通。这又是袁枚论诗的通达之处。

虚字的作用

原文

《乐府解题》云："《毛诗》之'兮'，《楚辞》之'些'，曹操所不喜。"余颇以操为知音。盖诗有关咏叹者，不得不用虚字，以伸长其音。若直叙铺陈，一用虚字，便成敷衍。近有作七古者，排比未终，无端忽插"兮"字，以致调软气松，全无音节。

译文

《乐府解题》写道："《诗经》中的'兮'字，《楚辞》中的'些'字，都不被曹操所喜爱。"我与曹操很有同感。很多诗都是咏叹情感的，不能不用一些虚字，来延长诗的音节。如果是平铺直叙，一使用虚字，便是敷衍成文。近来有人写作七言古体诗，排比的句子还没有结束，便无缘无故地插入"兮"字，致使格调气韵松软无力，破坏了韵律节奏。

评点

诗中的虚字，如《诗经》中的"兮"，《楚辞》中的"些"，均系助词，其本身并无实际意义。它可以"伸长其音"，以增强咏叹的效果。但行文语气紧凑之处，便不适合用这类虚字，否则会造成"调软气松，全无音节"。袁枚能从创作的实际情况出发，来对待诗中的虚字，而不是仅从个人的好恶武断行事。

以行肆之物享大宾

原文

酒肴百货，都存行肆中。一旦请客，不谋之行肆，而谋之于厨人，何也？以味非厨人不能为也。今人作诗，好填书籍，而不假炉锤，别取真味；是以行肆之物，享大宾矣。

译文

酒菜和各种货物，都存放在店铺中。一旦宴请客人，不去与商店里的卖货人商量，而是与厨房的厨师商量，为什么呢？因为美味佳肴非厨师不能做出来。如今的某些人作诗，喜欢堆砌古书中的典故，不经锤炼，去追求特殊的韵味；这是用店铺里的物品，未经厨师烹调便让宾客来享用。

评点

在这则诗话中，袁枚再一次批评了在诗中填书塞典的做法。他将这种做法，形象地比做从商店中买回来的菜和肉，未经厨师的烹调，便拿来招待客人。这里，袁枚既反对堆垛典故，更反对未经诗人消化加工而生吞活剥地用典。如一定需要用典故的话，亦应熨帖自然才是。

成功之后 仍归平正

原文

孙过庭《书谱》云："学书者，初学先求平正；进功须求险绝，成功之后，仍归平正。"予谓学诗之道，何以异是？

译文

孙过庭《书谱》写道："学习书法的人，刚开始的时候先要做到笔画平正；在不断进取的过程中应该追求险怪奇绝，待到熟练之后，字迹又归于平正了。"我说学习作诗的道理，与这有什么不同？

评点

有的诗看似平淡却耐人寻味，因为这是经过诗人努力锻造后的平淡，是更高层面的返璞归真。

作诗不可以无我

原文

为人，不可以有我，有我，则自恃很用之病多，孔子所以“无固”、“无我”也。作诗，不可以无我，无我，则剿袭敷衍之弊大，韩昌黎所以“惟古于词必己出”也。北魏祖莹云：“文章当自出机杼，成一家风骨，不可寄人篱下。”

译文

做人处世，不应该有我，有我，刚愎自用的弊病便多了，孔子因此强调“不要固执己见”、“不要惟我独尊”。但作诗不应该无我，无我，因袭敷衍的弊病便多了，韩愈因此强调“学习古文在立意语言方面要有自己的创见”。北魏祖莹说：“文章应当由自己构思而成，形成自己的风格特色，不应该摹仿因袭别人。”

评点

袁枚所谓诗中的“我”，就是诗人的个性，诗人的性情，诗人独特的人生际遇，以及诗人所作诗文的风格特色。他在《答沈大宗伯论诗书》中写道：“至于性情遭际，句句有我在焉，不可貌古人而袭之，畏古人而拘之也。”但他并不是笼统地反对学习古人，他强调要学习古人的思想方法，而不是亦步亦趋地因袭摹仿。他在《续诗品》第二十七首中写道：“不学古人，法无一可。竟似古人，何处着我。字字古有，言言古无。吐故吸新，其庶几乎！”这其间的辩证关系，是讲述得很明白的。

六经而外此传书

原文

唐以前，未有不熟精《文选》理者；不独杜少陵也。韩、柳两家文字，其浓厚处，俱从此出。宋人以八代为衰，遂一笔抹煞，而诗文从此平弱矣。汉阳戴思任《题文选楼》云：“七步以来谁抗手，六经而外此传书。”

译文

唐代以前的文人，没有不精心熟读《文选》并从中领悟写作诗文的道理的；不仅是杜甫这样做。韩愈、柳宗元二人的诗文，其中浓密厚重之处，都是从《文选》中学到的。宋代人认为唐以前的文风已衰落了八个朝代，于是将这八个朝代诗文的成就一笔抹煞了，从而诗文开始走向平庸柔弱了。汉阳戴思任《题文选楼》诗写道：“七步以来谁抗手，六经而外此传书。”

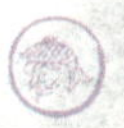

评点

在这则诗话中，袁枚对《文选》一书给予充分的肯定。《文选》系南朝梁昭明太子萧统所辑，共三十卷，选出上自周代、下迄梁朝各种文体的代表作编辑而成，为我国现存最早的文学总集，对后世文学创作颇有影响。自从苏轼称赞韩愈“文起八代之衰”以来，对八代之文“一笔抹煞”。所谓“八代”，系指东汉、魏、晋、宋、齐、梁、陈、隋，其文多在《文选》之内。因否定八代之文，影响了今人向古人学习的积极性。有鉴于此，袁枚对《文选》一书重新予以肯定，是有其历史意义的。

有干无华及其他

原文

诗有干无华，是枯木也。有肉无骨，是夏虫也。有人无我，是傀儡也。有声无韵，是瓦缶也。有直无曲，是漏卮也。有格无趣，是土牛也。

译文

一首诗只有枝干没有花叶，便是一棵枯槁了的树木。只有肉没有骨骼，便是夏季的昆虫。只摹仿他人没有诗人自己，便是一个没有灵魂的傀儡。只有声音没有韵律，便是一只瓦罐。只有平铺直叙无曲折跌宕，便是一只漏斗。只有格律没有情趣，便是一只泥土捏制的牛。

评点

在这则诗话中，袁枚从六个侧面阐明了一首好诗应具备的特点。一、应有亮丽的辞采；二、应有动人的气势；三、应有个性特色；四、应有优美的韵律；五、应曲折有致；六、应妙趣横生。是不是这六个特点，在一首诗中同时都要体现出来？袁枚没有说明。如果连其中的一个特点都不具备，那么这首诗存在的价值便不大了。

本其时之方言

原文

古词奇奥，多不可解：大抵本其时之方言，而流传失真，如《盘庚》之“吊由灵”；《国语》之“暇豫之吾吾”；《巾舞歌》之“来吾婴”；《伯牙》之“欸钦伤宫”；古乐府之“收中吾、羊无夷、何何、吾吾”；《尚书大传》之“舟张辟雍、鸧鸧相从”，皆是也。北魏缪袭仿其体，作《尤射经》，拗涩不可句读，殊觉无谓。

译文

古书中有些词句奇异晦奥，多半无法知道它的意思：大都是当时的方言土语，在流传过程中失去了本来的样子，如《盘庚》中的“吊由灵”；《国语》中的“暇豫之吾吾”；《巾舞歌》中的“来吾婴”，《伯牙》中的“歆钦伤宫”，古乐府的“收中吾、羊无夷、何何、吾吾”，《尚书大传》中的“舟张辟雍，鸧鸧相从”，这些都是。北魏缪袭摹仿它们的体式，撰写《尤射经》，执拗晦涩读不成句子，感到特别没有意思。

评点

在古书中，有些词句十分奇奥，百思而不可解，仿佛是有音无义，又像外来语的音译。袁枚指出，这些词大体是当时的方言，在流传过程中变形失真，无从理解。袁枚的推测不无道理，读古书时不必为这类词句大伤脑筋。

门户须宽 采取须严

原文

选诗如用人才，门户须宽，采取须严。能知派别之所由，则自然宽矣。能知精采之所在，则自然严矣。余论诗似宽实严，尝《口号》云：“声凭宫徵都须脆，味尽酸咸只要鲜。”

译文

选诗如同选用人才，派别应该宽，录取应该严。能知道各种派别的源流，自然就应该宽了。能知道精华部分在什么地方，自然就应该严了。我评论诗表面看来好像很宽，实际上很严，曾经在《口号》诗中写道：“声凭宫徵都须脆，味尽酸咸只要鲜。”

评点

袁枚在这则诗话中论及了选诗的两条原则：“门户须宽，采取须严”。不能有门户之见，对各家各派，皆一视同仁，因此应该从宽。究竟哪一首诗入选，如《口号》中写的那样：“声凭宫徵都须脆，味尽酸咸只要鲜。”非音节清脆、诗味鲜活者不选，因此是似宽实严。

取其善者而行之

原文

杨龟山先生云："当今祖宗之法，不必分元佑与熙丰也。国家但取其善者而行之，可也。"予闻人论诗，好争唐、宋，必以先生此语晓之。

译文

杨龟山先生说："如今对祖先的法典，不须区分是元佑年间还是熙宁、元丰年间。朝廷只管吸取其中好的方面去做，就可以了。"我听一些人谈论诗，喜欢争论唐诗、宋诗的区别，必定会用杨先生这些话来使他们知道其中的道理。

评点

北宋熙宁、元丰和元佑年间，是王安石变法和以司马光为首的反对新法斗争最为激烈的年代，以至后来形成严重的党派之争。杨龟山主张对待祖宗之法，不必分年代，择其善者而从之即可。被划为变法中的保守派或中间派的苏轼，也讲过类似的话，他曾指责执政者司马光说："专欲变熙宁之法(新法)，不复较量利害，参用所长。"袁枚认为论诗亦同此理，不应分唐界宋，"取其善者而行之"、"参用所长"，是最明智之举。

一涉笺注 趣便索然

原文

从古讲六书者，多不工书。欧、虞、褚、薛，不硁硁于《说文》、《凡将》。讲韵学者，多不工诗。李、杜、韩、苏不斤斤于分音列谱。何也？空诸一切，而后能以神气孤行；一涉笺注，趣便索然。

译文

自古以来讲授六书的人，大都不擅长书法。欧阳询、虞世南、褚遂良、薛稷，并不拘泥于《说文》、《凡将》这类书。讲授音韵学的人，大都不擅长作诗。李白、杜甫、韩愈、苏轼，并不拘泥于有关音韵方面的谱书。为什么呢？一片空白，然后神思才能纵横驰骋；一旦接触那些清规戒律，作诗的情趣便没有了。

评点

书法是创作，作诗更是创作。创作即是出新，就是要不受条条框框的束缚与羁绊，这样才能天马行空，纵横驰骋，“神气孤行”。袁枚以古代的大书法家和大诗人为例，前者不是先钻研字书再去写字，后者也不是先钻研韵书再去作诗。那些迷信于《音韵谱》的学诗者，应从中有所醒悟。

所以真切可爱

原文

《三百篇》不著姓名，盖其人直写怀抱，无意于传名，所以真切可爱。今作诗，有意要人知，有学问，有章法，有师承，于是真意少而繁文多。予按：《三百篇》有姓名可考者，惟家父之《南山》，寺人孟子之《蔞菲》，尹吉甫之《嵩高》，鲁奚斯之《闵宫》而已。此外，皆不知何人秉笔。

译文

《诗经》中的诗都没有标明作者的姓名，因为这些诗的作者只是为了抒发自己的情怀，不是为了传名后世，所以更加真实亲切令人喜爱。如今人们作诗，有意要别人知道，卖弄学问，显示章法，夸耀师承门派，因此诗中缺少真意而浮词繁文却很多。我说明一下，考察《诗经》中的诗能知道作者姓名的，只有家父的《南山》诗，寺人孟子的《萋菲》诗，尹吉甫的《嵩高》诗，鲁奚斯的《阏宫》诗罢了。除此之外，都无法知道作者是谁。

评点

袁枚以《诗经》中的诗为例，这些诗都不著作者姓名，可见不是为传名而写诗，只是为了抒发他们的性情，因此这些诗真实感人。为了出名，为了卖弄，为了炫耀而作诗，必然缺少真意，难以感人。袁枚所强调的作诗的目的，涉及诗人的胸襟怀抱、道德修养，是带有根本性的问题。他在《续诗品》第二十一首中写道："我心清妥，语无烟火。我心缠绵，读者泫然。"可谓"直指心源"了。

喋喋千言才更短

原文

人但知寥寥短章之才短，而不知喋喋千言之才更短。人但知满口公卿之人俗，而不知满口不趋公卿之人更俗。予尝箴一名士云："吟诗羞作野才子，行己莫为小丈夫。"

译文

人们只知道写作字数很少的短小诗文是缺少才气，而不知道写作那些繁琐冗长的诗文更是缺少才气。人们只知道开口便讲某公卿大人的人俗气，而不知道开口便讲不趋炎附势公卿大人的人更俗气。我曾告诫一位名人说："吟诗羞作野才子，行己莫为小丈夫。"

评点

诗是语言的艺术，文字精炼是起码的要求。袁枚指出"喋喋千言之才更短"，动辄洋洋万言，一味发泄，毫无节制，貌似才华横溢，其实是"才短"的表现。充其量也只能算得上一个"野才子"。

各有妙境

原文

阮亭诗话，道晚唐人之“布谷啼春雨，杏花红半村”，不如盛唐人之“兴阑啼鸟缓，坐久落花多”。余以为真耳食之论。阮亭胸中，先有晚、盛之分，故不知两诗之各有妙境。若以浑成而言，转觉晚唐为胜。

译文

王士祯在《诗话》中写道：晚唐诗人的“布谷啼春雨，杏花红半村”，不如盛唐诗人的“兴阑啼鸟缓，坐久落花多”。我认为这真是一种没有真知灼见的说法。在王士祯的心中，先已经有了晚唐、盛唐的分界，因此看不出这两首诗各有优点和长处。如果从自然浑成这个角度讲，反倒觉得晚唐这首诗更好一些。

评点

袁枚不仅反对“分唐界宋”，也不赞同盛唐、晚唐之分。王士祯在《诗话》中所列举的两句诗，本来是各有妙境，因他心中存在着晚唐不如盛唐的偏见，便武断地认为晚唐的那句诗不如盛唐的那句诗。还是应从实际出发，对具体诗句做具体分析。

俗学与实学

原文

或言八股文体制，出于唐人试帖，累人已甚。梅式庵曰："不然。天欲成就一文人、一儒者，都非偶然。试观古文人如欧、苏、韩、柳，儒者如周、程、张、朱，谁非少年科甲哉？盖使之先得出身，以捐弃其俗学，而后乃有全力以攻实学。试观诸公应试之文，都不甚佳，晚年得力于学之后，方始不凡。不然，彼方终日用心于五言八韵、对策三条，岂足以传世哉？就中晚登科第者，只归熙甫一人。然古文虽工，终不脱时文气息；而且终身不能为诗：亦累于俗学之一证。"

译文

有人讲八股文这种文体，出自于唐代人的试帖诗，对人的危害已经很严重了。梅式庵说："不是这样。上天要造就一个文人、一个儒学家，都不是偶然的事情。请看古代的文人如欧阳修、苏轼、韩愈、柳宗元，儒学家如周敦颐、程颢和程颐、张载、朱熹，谁不是年轻时便考中进士的？要使他先取得功名，便抛弃有关时文的学问，以后便转而全力去攻读实在的学问。试看各位先生的应试文章，都作得不太好。晚年得力于攻习实学之后，所作文章才开始不同凡响。不然的话，他们终日用心在有关应试的五言八韵、对策三条上面，怎么能写作出足以传世的诗文呢？其中登科及第较晚的名人，只有归有光一人，然而他的古文虽然作得好，但终究摆脱不了时文习气；而且终身不会作诗；也是受时文之害的一个证据。"

评点

在这则诗话中，袁枚借用梅式庵的一段话，再一次表述了时文八股这类俗学，对人产生的不良影响。一些有成就的大诗人、大学问家，他们应试的文章都作得不太出色，因为他们只是为了考中进士不得不学作时文，如果将全部精力都用在时文八股上，就不会有传世之作了。还以明代古文家归有光为例，因中年以后登第，所以文章"终不脱时文气息；而且终身不能为诗"。其原因就是学作时文的时间太长了。

联句之始

原文

联句，始《式滶》。刘向《列女传》谓："《毛诗》'泥中'、'中露'，卫二邑名。《式滶》之诗，二人同作。"是联句之始。《文心雕龙》云："联句共韵，《柏梁》余制。"

译文

联句诗，创始于《诗经·式微》那首诗。刘向在《列女传》中写道："《诗经》中'泥中'、'中露'这两个词，是卫国的两个地名。《式微》这首诗，是两个人的共同创作。"这是联句诗的开始。《文心雕龙》写道："多人联句共用一个韵部，是延续《柏梁》诗的体制。"

评点

相传汉武帝在柏梁台上和群臣共赋七言诗，人各一句，每句用韵，后人谓此体为柏梁体。传统看法认为这是联句之始。袁枚考证，联句远远早于西汉，《诗经·式微》那首诗，是两个人共同创作，是联句诗的开始。

集句的由来

原文

集句，始傅咸。傅咸有《回文反复诗》；又作《七经诗》：其《毛诗》一篇，皆集经语。是集句所由始矣。

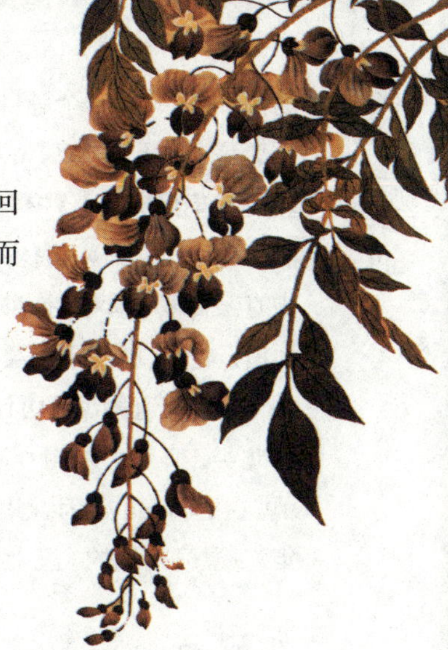

译文

集前人的诗句而为一首诗，创始于西晋人傅咸。傅咸作有《回文反复诗》；又作有《七经诗》：其中《诗经》那一首，都是集句而成。集句诗便是从此开始出现的。

评点

袁枚素不赞赏叠韵、集句之类的做法，这则诗话考证出集句的始作俑者为西晋的傅咸。

诗文集的由来

原文

诗文集之名，始东京。《隋经籍志》曰："集之名，东京所创。"盖指班史某人文几篇，某人诗几篇而言。后人集之，非自为集也。齐、梁间始有自为集者：王筠以一官为一集，江淹自名前后集，是也。有一人之集，止一题者：《阮步后集》五言八十篇，四言十三篇，题皆曰《咏怀》；应休琏诗八卷，总名曰《百一诗》，是也。亦有一集止为一事者：梁元帝为《燕歌行》，群臣和之，为《燕歌行集》；唐睿宗时，李适送司马承祯《还山诗》，朝士和者三百余人，徐彦伯编而序之，号《白云记》，是也。有一集止一体者：崔道融《唐诗》二卷，皆四言，是也。有数人唱和而成集者：元、白之《因继集》；皮、陆之《松陵集》；温飞卿之《汉上题襟集》，是也。

译文

诗文集的名称，创始于汉代东京洛阳。隋代《经籍志》记载："诗文集的名称，创始于东京。"系指史学家班固汇集某个人的文章几篇，某个人的诗几篇而言。是后人集前人的诗文，不是自己集自己的诗文。到了南朝齐、梁年间开始有自编文集的；王筠以一位官员为一部诗文集，江淹编自己的诗文集名为前集与后集，就属于此类。还有一个人的诗文集，只有一个题目：《阮步兵集》五言诗八十首，四言诗十三首，题目都是《咏怀》；应璩诗八卷，总题名为《百一诗》，就属于此类。也有一部诗文集只描述一件事：梁元帝作《燕歌行》这首诗，群臣都来唱和，名为《燕歌行集》；唐睿宗时，李适送司马承祯所作的《还山诗》，朝廷中有三百多人唱和，徐洪将这些诗编为一集并作序，名为《白云记》，就属于此类。还有一部诗文集只收入一种诗体，崔道融编《唐诗》二卷，都是四言诗，就属于此类。有几个人相互唱和而编成一部诗文集：元稹、白居易编的《因继集》；皮日休、陆龟蒙编的《松陵集》；温庭筠编的《汉上题襟集》，就属于此类。

评点

在这则诗话中，袁枚考证了各类诗文集的初始情况。学诗者亦应有所了解。

如何区分唐宋

原文

余尝铸香炉，合金、银、铜三品而火化焉。炉成后，金与银化，银与铜化，两物可合为一；惟金与铜，则各自凝结：如君子小人不相入也。因之，有悟于诗文之理。八家之文，三唐之诗，金、银也。不搀和铜、锡，所以品贵。宋、元以后之诗文，则金、银、铜、锡，无所不搀，字面欠雅驯，遂为耳食者所摈，并其本质之金、银而薄之，可惜也！余《哭鄂文端公》云："魂依大袷归天庙。"程梦湘争云："'袷'字入礼不入诗。"余虽一时不能易，而心颇折服。夫《六经》之字，尚且不可搀入诗中；况他书乎？刘禹锡不敢题"糕"字，此刘之所以为唐诗也。东坡笑刘不题"糕"字为不豪，此苏之所以为宋诗也。人不能在此处分唐、宋，而徒在浑含、刻露处分唐、宋，则不知《三百篇》中，浑含固多，刻露者亦复不少。此作伪唐诗者之所以陷入平庸也。

译文

我曾经铸造一个金属香炉，是金、银、铜三种金属的合金。在炉中烧成后，金和银化为一体，银和铜化为一体，这两种金属可合二为一。只有金和铜，各自凝结，有如君子与小人彼此不能相混一样。由此，我悟出了诗文的道理。唐宋八大家的古文，初唐、盛唐和晚唐的诗，有如金和银，不与铜、锡相混，所以品质高贵。宋代、元代以后的诗文，则是金、银、铜、锡，没有不混到一起的，字面也不够文雅，于是被一些人云亦云的人所抛弃，连同其中所含有的金、银成分也被轻视，实在是可惜了！我所作的《哭鄂文端公》诗写道：“魂依大袷归天庙。”程梦湘争辩说：“‘袷’字在《礼》中可以，写入诗中则不合适。”我虽然一时还不能修改，但心里很佩服他的眼力。《六经》中的字，尚且不适于写入诗中，何况是其他类的书了？刘禹锡不敢为“糕”题诗，因此刘禹锡的诗不愧是唐诗。苏轼讥笑刘禹锡不敢为“糕”题诗不够豪放，因此苏轼的诗只不过是宋诗了。人们往往不能在这方面来区分唐、宋，而是毫无意义地在浑厚含蓄与尖刻浅露方面来区分唐、宋，并不知道《诗经》中的诗，浑厚含蓄的固然很多，但尖刻浅露的也不少。因此因袭摹仿唐诗便会流入平庸了。

评点

袁枚反对论诗“分唐界宋”，但同时也承认唐与宋的区别。他以唐代诗人刘禹锡不敢题“糕”字，而北宋苏轼则嘲笑刘禹锡不敢题“糕”字为例，说明唐与宋的区别。从中不难看出袁枚所反对的是笼统的划分和界定，主张要做具体细微的分析。刘禹锡不敢题“糕”字，说明了唐代诗人作诗严肃认真的态度，可谓于细微处见功夫了。

不是此诗 恰是此诗

原文

东坡云："作诗必此诗，定知非诗人。"此言最妙。然须知作此诗而竟不是此诗，则尤非诗人矣。其妙处总在旁见侧出，吸取题神，不是此诗，恰是此诗。古梅花诗佳者多矣：冯钝吟云："羡他清绝西溪水，才得冰开便照君。"真前人所未有。余《咏芦花》诗，颇刻画矣。刘霞裳云："知否杨花翻羡汝，一生从不识春愁。"余不觉失色。金寿门画杏花一枝，题云："香骢红雨上林街，墙内枝从墙外开。惟有杏花真得意，三年又见状元来。"咏梅而思致于冰，咏芦花而思至于杨花，咏杏花而思至于状元：皆从天外落想，焉得不佳？

译文

苏轼曾写道："作诗必此诗，定知非诗人。"这句话说得很好。但是要知道所作的这首诗结果竟然不是这首诗，便更不是一个合格的诗人。那种奇妙之处总是从侧面表现出来，展示出诗的题旨，表面上看不像是这首诗，其实质恰恰是这首诗。自古以来咏梅花的好诗太多了，冯班的诗写道："羡他清绝西溪水，才得冰开便照君。"真是以前的诗人没有这样写过。我所作的《咏芦花》诗，便显得过于雕琢了。刘霞裳的诗写道："知否杨花翻羡汝，一生从不识春愁。"我读后惊叹得改变了脸色。金农画有一枝杏花，题诗写道："香骢红雨上林街，墙内枝从墙外开。惟有杏花真得意，三年又见状元来。"咏梅花而想到了冰，咏芦花而想到了杨花，咏杏花而又想到了状元：都联想得很远，怎么能不是好诗呢？

评点

苏轼所说的"作诗必此诗，定知非诗人"，指诗人不善于联想，拘泥于所吟咏之物，必然诗味不多。袁枚所说的"作此诗而竟不是此诗，则尤非诗人"，旁征博引，想入非非，竟至与本题无关，当然更不是好诗了。"旁见侧出，吸取题神，不是此诗，恰是此诗"，确是写诗的一条宝贵经验，学诗者应铭记不忘。

好诗来之不易

原文

诗难其真也，有性情而后真；否则敷衍成文矣。诗难其雅也，有学问而后雅；否则俚鄙率意矣。太白斗酒诗百篇，东坡嬉笑怒骂，皆成文章；不过一时兴到语，不可以词害意。若认以为真，则两家之集，宜塞破屋子；而何以仅存若干？且可精选者，亦不过十之五六。人安得恃才而自放乎？惟糜惟芑，美谷也，而必加舂揄扬簸之功；赤堇之铜，良金也，而必加千辟万灌之铸。

译文

诗很难写得纯真，先有性情而后才会表现出纯真；否则便是勉强凑成的文字了。诗很难写得典雅，先有学问而后才会表现为典雅；否则便是粗俗轻率的文字了。李白饮下一杯酒能写出一百首诗，苏轼无论是嬉笑还是怒骂，都能成为文章；这些说法只不过一时形容和夸张，不应该拘于字面而曲解。如果将字面的话当真，那么两个人的诗文集，整栋房子也装不下，为什么仅仅留存下这么多呢？而且可以精选出来的，也不过是十分之五六罢了。人怎么可以依仗自己的才能而狂放不羁呢？糜和芑，都是很好的谷物，但必须加以碾磨簸扬才行；赤色的铜，是上好的金属，但必须经过无数铸造才成。

评点

袁枚阐述了好的诗文产生不易，一有性情见真意；二有学问做根底。同时还要经过千锤百炼之功。这三者是缺一不可的。

用僻典如请生客

原文

用典一也，有宜近体者，有宜古体者，有近古体俱宜者，有近古体俱不宜者。用典如水中著盐，但知盐味，不见盐质。用僻典如请生客入座，必须问名探姓，令人生厌。宋乔子旷好用僻书，人称“孤穴诗人”，当以为戒。或称予诗云：“专写性情，不得已而适逢典故；不分门户，乃无心而自合唐音。”虽有不及，不敢不勉。

译文

虽然都是用典，但有的典故适合于近体诗，有的典故适合于古体诗，有的典故对近体诗与古体诗都适合，有的典故对近体诗与古体诗都不适合。使用典故好像水中放盐，只能知道盐的味道，看不见盐的形状。使用生僻的典故好像请陌生的客人入座，必须首先问清楚他的姓名，使人厌烦。宋代乔子旷喜欢使用生僻书中的典故，人们都称他为“孤穴诗人”，应当以乔子旷为警戒。有人称赞我的诗说：“专写性情，不得已而适逢典故；不分门户，乃无心而自合唐音。”我的诗虽然没有这样好，但我不敢不以这样的标准来勉励自己。

评点

袁枚再次强调诗中用典要贴切自然，不用生僻的典故。他在《续诗品》第五首中也写道：“用一僻典，如请生客。如何选材，而可不择！”因“生客入座，必须问名探姓，令人生厌”。

文章切忌随人后

原文

高青邱笑古人作诗，今人描诗。描诗者，像生花之类，所谓优孟衣冠，诗中之乡愿也。譬如学杜而竟如杜，学韩而竟如韩：人何不观真杜、真韩之诗，而肯观伪韩、伪杜之诗乎？孔子学周公，不如王莽之似也；孟子学孔子，不如王通之似也。唐义山、香山、牧之、昌黎，同学杜者；今其诗集，都是别树一旗。杜所伏膺者，庾、鲍两家；而集中亦绝不相似。萧子显云："若无新变，不能代雄。"陆放翁曰："文章切忌参死句。"黄山谷曰："文章切忌随人后。"皆金针度人语。《渔隐丛话》笑欧公"如三馆画笔，专替古人传神"。嫌其描也。五亭山人《嘲鹦鹉》云："齿牙余慧虽偷拾，那识雷同转可羞。"又曰："争似流莺当百啭，天真还是一家言。"

译文

高启嘲笑说古代的人是在作诗，现在的人是在描诗。所谓描诗，就像人工制作的假花一样，只是表面的衣服帽子相似，是诗中虚伪的假货。比如学杜甫竟至和杜甫一样，学韩愈竟至和韩愈一样：那么人们为什么不去阅读真杜甫的诗、真韩愈的诗呢？而愿意去阅读假韩愈的诗、假杜甫的诗呢？孔子学习周公，不如王莽摹仿得像；孟子学习孔子，不如王通摹仿得像。唐代李商隐、白居易、杜牧、韩愈，都在学习杜甫的诗；如今来看他们的诗集，都是各有自己的特点。杜甫所佩服的，只有庾信、鲍照二位诗人；而杜甫诗集中的诗也绝对不像庾信和鲍照的诗。萧子显说："诗文如果没有新的变化，便不能成为最佳的作品。"陆游的诗句："文章切忌参死句。"黄庭坚的诗句："文章切忌随人后。"这都是有真知灼见的启迪人的话。《渔隐丛话》讥笑欧阳修"好像史馆的画笔，专门在为古人画像传神"。便是批评欧阳修的诗文在摹仿古人。五亭山人《嘲鹦鹉》诗写道："齿牙余慧虽偷拾，那识雷同转可羞。"又写道："争似流莺当百啭，天真还是一家言。"

评点

陆游的诗句："文章切忌参死句。"黄庭坚的诗句："文章切忌随人后。"都在强调诗文贵在出新，不应因袭摹仿古人。所谓"描诗"，就是因袭摹仿，如同优人演戏，如同没有生命的假花。真正会学古人的，不求形似。如孔子学周公、孟子学孔子那样，一脉相承，又各有特点。袁枚在《续诗品》第二十七首中写道："孟学孔子，孔学周公。三人文章，颇不相同。"这是他一再强调的观点。

关系与含蓄

原文

老学究论诗，必有一副门面语：作文章，必曰有关系；论诗学，必曰须含蓄。此店铺招牌，无关货之美恶。《三百篇》中有关系者"迩之事父，远之事君"是也。有无关系者，"多识于鸟兽草木之名"是也。有含蓄者，"棘心夭夭，母氏劬劳"是也。有说尽者，"投畀豺虎"，"投畀有昊"是也。

译文

迂腐的读书人谈论诗，必定说一些装点门面的套话：谈到写作文章，必定要强调与大节相关，谈到作诗的学问，必定说诗要含蓄。这是商店的招牌广告，与店里货物的好坏无关。《诗经》中的诗与大节有关系的"迩之事父，远之事君"属于此类。也有很多与大节无关系的，"从诗中能多知道鸟兽草木的名字"属于此类。有写得含蓄的，"棘心夭夭，母氏劬劳"属于此类。有写得详尽无余的，"投畀豺虎"、"投畀有昊"属于此类。

评点

袁枚针对某些人论诗只片面强调"有关系"与"须含蓄"两点，提出不同看法。就内容来讲，除了与国计民生大事相关外，还有知识性与趣味性一面；就艺术风格来讲，含蓄只是各种特点之一。如果以偏概全，顾此失彼，只能将创作引入简单化和公式化的歧途。

有才无情 多趣少韵

原文

东坡诗，有才而无情，多趣而少韵：由于天分高，学力浅也。有起而无结，多刚而少柔：验其知遇早晚景穷也。

译文

苏轼的诗，才气大情感少，趣味多韵味少：这是因为他的天分高、学力浅造成的。开头精彩结尾平庸，多阳刚之气少阴柔之美：验证了他步入仕途很早到了晚年则很凄凉的人生经历。

评点

缺少性情，疏于韵律，也许是苏轼诗的不足之处。这也许与苏轼是一位全才有关，因为这种不足并不见于他的词。

非其至者

原文

余雅不喜杜少陵《秋兴》八首，而世间耳食者，往往赞叹，奉为标准。不知少陵海涵地负之才，其佳处未易窥测，此八首，不过一时兴到语耳，非其至者也。如曰"一系"，曰"两开"；曰"还泛泛"，曰"故飞飞"：习气太重，毫无意义。即如韩昌黎之"蔓涎角出缩，树啄头敲铿"；此与一夕话之"蛙翻白出阔，蚓死紫之长"何殊？今人将此学韩、杜，便入魔障。有学究言："人能行《论语》一句，便是圣人。"有纨袴子笑曰："我已力行三句，恐未是圣人。"问之，乃"食不厌精，脍不厌细，狐貉之厚以居"也。闻者大笑。

译文

我很不喜欢杜甫《秋兴》八首诗，而世上一些人云亦云的人，都往往随着称赞，奉为七言律诗的样板。不知道杜甫那种只有大海能包容大地能负载的才力，他的诗文佳处是不容易看清楚的，这八首诗只不过是一时兴之所至的作品，并不是杜诗中最好的部分。如诗中的“一系”，“两开”；还有“还泛泛”，“故飞飞”，都太俗气，一点意思都没有。就像韩愈的“蔓涎角出缩，树啄头敲铿”一样；这与一夕话的“蛙翻白出阔，蚓死紫之长”有什么区别？当今学诗的人将这样来学习韩愈、杜甫，便走到邪路上去了。有个迂腐的读书人说：“一个人如果能做到《论语》中的一句话，便是个圣人。”有个富家子弟开玩笑说：“我已经身体力行了三句，恐怕还不是个圣人。”问他哪三句，回答是“饮食越精越好，肉越细越好，毛皮袄越厚越好”。听的人都大笑起来。

评点

袁枚鉴于当时诗坛上“分唐界宋”、“抱杜尊韩”的现象，阐述了即或是专学韩、杜，亦应学韩、杜诗中上品，对其末流之作断不可学。如杜甫《秋兴》八首中的“丛菊两开他日泪，孤舟一系故园心”、“信宿渔人还泛泛，清秋燕子故飞飞”等诗句，没什么新意。韩愈的“蛙翻白出阔，蚓死紫之长”这类怪硬的句子，同样没有什么意义。如果学这类诗，便会误入歧途。

音节未协与清脆可歌

原文

余尝教人，古风，须学李、杜、韩、苏四大家；近体，须学中、晚、宋、元诸名家。或问其故。曰：“李、杜、韩、苏才力太大，不屑抽筋入细，播入管弦，音节亦多未协。中、晚名家，便清脆可歌。”

译文

我曾经指导学诗的人，古体诗，须要学习李白、杜甫、韩愈、苏轼四位大诗人；近体诗，须要学习中唐、晚唐、宋代、元代各位有名的诗人。有人问这是什么缘故。回答说：“李白、杜甫、韩愈、苏轼才力特别大，认为不值得过分细微，不求谱曲歌唱，音节也就常有不和谐的现象。中唐、晚唐的名家们，诗的音节清脆适于歌唱。”

评点

袁枚反对学诗者有门户之见，提倡从实际出发，多做具体分析。如李白、杜甫、韩愈、苏轼的古体诗无人可与比肩，故应多学。近体诗则应多学中、晚唐及宋、元各名家，因近体格律森严，他们的诗更加细腻清脆。

诗话作而诗亡

原文

西崖先生云："诗话作而诗亡。"余尝不解其说，后读《渔隐丛话》，而叹宋人之诗可存，宋人之话可废也。皮光业诗云："行人折柳和轻絮，飞燕含泥带落花。"诗佳矣。裴光约訾之曰："柳当有絮，燕或无泥。"唐人："姑苏城外寒山寺，夜半钟声到客船。"诗佳矣。欧公讥其夜半无钟声。作诗话者，又历举其夜半之钟，以证实之。如此论诗，使人夭阏性灵，塞断机括；岂非"诗话作而诗亡"哉？或赞杜诗之妙。一经生曰："'浊醪谁造汝？一醉散千愁。'酒是杜康所造，而杜甫不知，安得谓之诗人哉？"痴人说梦，势必至此。

译文

汤右曾先生说："评论诗的著作问世了，诗便消亡了。"我曾经一度不明白他这句话是什么意思，后来阅读《渔隐丛话》，便感叹宋人的诗值得保存，宋人评论诗的话可以废弃。皮光业的诗写道："行人折柳和轻絮，飞燕含泥带落花。"诗很好了。裴光约批评这句诗说："柳枝当然会带有柳絮，燕子口中则不一定有泥。"唐人的诗写道："姑苏城外寒山寺，夜半钟声到客船。"诗很好了。欧阳修讥讽这首诗，认为夜半没有钟声。于是有些作诗话的人，又列举很多夜半有钟声的先例，来证明这句诗是对的。这样来评论诗，将人的性灵都泯灭了，将人的聪明机敏都堵塞了；难道不是"评论诗的著作问世了，诗便消亡了"吗？有人称赞杜甫诗的精妙，一位研读经书的书生说："'浊醪谁造汝？一醉散千愁。'酒是杜康酿造的，而杜甫竟然不知道，怎么能称得上是诗人呢？"真是蠢人在说梦话，必定会这样。

评点

诗话是我国古代诗论的一种独特样式，以其理论与实际的紧密结合，及其知识性与趣味性的有机统一，博得读者的喜爱。但有些诗话以考据家的做法，对诗进行考证，泯灭了诗的性情，淤塞了诗的空灵。宋人的某些诗话尤其有这种弊病。“诗话作而诗亡”，就是从这个角度讲的。袁枚一针见血地指出：“宋人之诗可存，宋人之话可废也！”

樵夫与舵工

原文

文尊韩，诗尊杜：犹登山者必上泰山，泛水者必朝东海也。然使空抱东海、泰山，而此外不知有天台、武夷之奇，潇湘、镜湖之胜；则亦泰山上之一樵夫，海船上之舵工而已矣。学者当以博览为工。

译文

学作古文以韩愈为尊，学作诗以杜甫为尊：这就像登山的人一定要登上泰山，渡水的人必定要到达东海一样。然而只想着东海、泰山，除此之外便不知道还有天台山和武夷山的奇秀，不知道还有潇湘和镜湖的胜境；便也只能是泰山上的一个打柴的樵夫，海船上撑船的一个舵工罢了。一个做学问的人，应当多方面涉猎为好。

评点

在这则诗话中，袁枚再一次抨击“抱杜尊韩”的偏颇狭隘的现象。诗学杜甫，文学韩愈，本不为错。袁枚将杜诗韩文比做泰山和东海，是至高至大了。然而只登泰山，只泛东海，此外不知各地山水之奇，心胸和眼界终究有限，所作诗文必然不会有更高的境界。袁枚嘲笑这种人是泰山上的“樵夫”，东海里的“舵工”。

艺之精者不两能

原文

程鱼门云："时文之学，有害于古文；词曲之学，有害于诗。"余谓："时文之学，不宜过深；深则兼有害于诗。前明一代，能时文，又能诗者，有几人哉？金正希、陈大士与江西五家，可称时文之圣；其于诗，一字无传。陈卧子、黄陶庵不过时文之豪；其诗便有可传。《荀子》曰：'艺之精者不两能也。'"

译文

程晋芳说："有关八股文的学问，对古文的写作产生很不好的影响；有关词曲的学问，对诗文的写作产生很不好的影响。"我说："有关八股文的学问，不适于过深去探究；过深去探究对诗文写作也会产生很不好的影响。前朝明代，善长作八股文，又善长作诗的，有几个人呢？金声、陈大士与江西五人，可以说是最善长作八股文了；他们对于诗，却没有一个字能流传后世。陈子龙、黄淳耀只不过八股文作得出色；他们的诗便有可以流传开的。《荀子》写道：'一个人不能同时精通于两种技艺。'"

评点

在这则诗话中，袁枚再一次阐述了八股文与诗的关系。他认为堪称八股圣手的人，因其全部精力都用在八股文上了，他们的诗便无可取之处。一个人只能精通一种技艺，就是这个道理。

用意精深 下语平淡

原文

《漫斋语录》曰："诗用意要精深，下语要平淡。"余爱其言，每作一诗，往往改至三五日，或过时而又改。何也？求其精深，是一半工夫；求其平淡，又是一半工夫。非精深不能超超独先，非平淡不能人人领解。朱子曰："梅圣俞诗，不是平淡，乃是枯槁。"何也？欠精深故也。郭功甫曰："黄山谷诗，费许多气力，为是甚底？"何也？欠平淡故也。有汪孝廉以诗投余。余不解其佳。汪曰："某诗须传五百年后，方有人知。"余笑曰："人人不解，五日难传；何由传到五百年耶？"

译文

《漫斋语录》写道："作诗立意要精深，所使用的语言要平淡。"我很赞赏这种说法，每当写作一首诗，常常修改至三五天的时间，有的过了一段时间又作修改。这是为什么呢？追求诗意的精深，是一半的功夫；追求文字的平淡，又是一半的功夫。立意不精深便不能超越领先，文字不平淡便不能让人们都读懂。朱熹说："梅尧臣的诗，不是平淡，而是枯燥无味。"为什么呢？因为诗意还不够精深。郭祥正说："黄庭坚的诗，费了很大力气，这是何必的呢？"为什么呢？因为文字还不够平淡。有位汪孝廉带着诗来见我。我看不出他的诗的妙处。汪孝廉说："我的诗须要传至五百年以后，才会有人赏识。"我笑着说："人们都读不懂，五天都难以流传；有什么办法能流传五百年呢？"

评点

"用意要精深，下语要平淡"，也就是深入浅出之意。这两点都同样重要，因为"非精深不能超超独先，非平淡不能人人领解"。当然做到这两点并非易事，袁枚讲他作诗所以一改再改，就是一半求其精深，一半求其平淡。梅尧臣诗欠精深，黄庭坚诗欠平淡，多受诗论者指责，是理所当然的事情。

能放能收 方称作手

原文

严沧浪借禅喻诗，所谓“羚羊挂角，香象渡河，有神韵可味，无迹象可寻”。此说甚是。然不过诗中一格耳。阮亭奉为至论，冯钝吟笑为谬谈：皆非知诗者。诗不必首首如是，亦不可不知此种境界。如作近体短章，不是半吞半吐，超超元箸，断不能得弦外之音，甘余之味：沧浪之言，如何可诋？若作七古长篇，五言百韵，即以禅喻，自当天魔献舞，花雨弥空，虽造八万四千宝塔，不为多也；又何能一羊一象，显渡河、挂角之小神通哉？总在相题行事，能放能收，方称作手。

译文

严羽借用禅学来比喻作诗的道理，所说的“羚羊将角挂在树上睡眠过夜，香象潜入水底渡河，只有神韵可以玩味，却无法寻找到他们的迹象”。这种说法很对。然而这不过是诗体中的一种格式罢了。王士祯将这句话当做绝对真理，冯班则讥笑为荒谬的言论；他们都不是真正懂得诗的人。诗不必每首都这样，也不应该不懂得这种境界。假如写作字数较少的近体诗，如果不是含而不露，超凡玄妙，绝不能收到弦外之音、韵外之味的艺术效果：严羽的这段话，有什么可讥笑的呢？假如写作长篇的七言古诗，上百句的五言古诗，还是借用禅学来比喻作诗的道理，便会是天魔献舞，花雨满天，即或建造八万四千座宝塔，也不算多了；又怎么能用一只羊一头象，来显示渡河、挂角这样小技能呢？总而言之在于根据不同的题目来处理，既能放开也能收拢，才能称得上是一个作诗的行家里手。

评点

任何一种艺术手法，往往也只适合表现某些内容和某种诗体，“总在相题行事”。严羽《沧浪诗话》所说的“羚羊挂角，香象渡河，有神韵可味，无迹象可寻”，话说得不错。但也只是适用于近体短篇，对五、七古长篇，便不宜这样做。一首长诗，通篇都含而不露，无法写，也无法读了。而且，既然是长篇，怎能只用这一种表现手法呢？袁枚所说的“能放能收”，就是诗人能根据不同的内容与形式，选用各种表现手法。

如此虚心 亦云难得

原文

《北史》称：庾自直为隋炀帝改诗，许其诋呵。帝必削改至于再三，俟其称善而后已。炀帝虽非令主，如此虚心，亦云难得。第“改章难于造篇，易字艰于代句”。刘勰所言，深知甘苦矣。

译文

《北史》记载：庾自直帮助隋炀帝改诗，隋炀帝允许他批评指责。隋炀帝总是经过再三修改，直到庾自直说好时才算完成。隋炀帝虽然不是个好皇帝，能这样虚心听意见，也可以说是很难得了。但是“改动某一章节难过写一整篇，改动某一个字难过写一整句”。刘勰所讲的这句话，真是深知修改诗文的甘苦了。

评点

通常来讲，好诗都是改出来的。修改是净化、提纯的过程，是完成创作的最后一个步骤。但是改诗有一个重要前提，那就是虚心听取意见。白居易《与元九书》写道：“凡人为文，私于自是，不忍于割截，或失之于繁多，其间妍媸益又自惑。”李沂《秋星阁诗话》写道：“诗能自改，尚矣。但恐不能自知其病，必资师友之助。妆必待明镜者，妍媸不能自见也。”都在强调虚心求教的重要性。袁枚以隋炀帝改诗为例，一个历史上有名的暴君尚能如此，学诗者又该如何！

语虽俚闻者动色

原文

或有句云："唤船船不应，水应两三声。"人称为天籁。吾乡有贩鬻者，不甚识字，而强学词曲；《哭母》云："叫一声，哭一声，儿的声音娘惯听；如何娘不应？"语虽俚，闻者动色。

译文

有的人作有这样的诗句："唤船船不应，水应两三声。"人们都说这句子极为真实自然。我的家乡有一个小商贩，不认识几个字，勉强学作词曲；在《哭母》曲子中写道："叫一声，哭一声，儿的声音娘惯听；如何娘不应？"文字虽俚俗不雅，但听的人都很受感动。

评点

袁枚在这里所举的两个例子，文字都极其通俗朴实，既是日常口语，却能使读者动情。原因有二：一，真实自然，人人意中所有。二，情真意切，字字都见性情。他在《答蕺园论诗书》中写道："有必不可解之情，而后有必不可朽之诗。"只有真情真性，才能感人至深。

越没要紧则愈佳

原文

诗人爱管闲事，越没要紧则愈佳；所谓"'吹皱一池春水'，干卿底事"也。陈方伯德荣《七夕》诗云："笑问牛郎与织女，是谁先过鹊桥来？"杨铁崖《柳花》诗云："飞入画楼花几点，不知杨柳在谁家？"

译文

诗人喜欢管闲事，所管的事情越不重要越好；所说的“‘吹皱一池春水’，与你有什么关系”就属于这种情况。陈德荣方伯《七夕》诗写道：“笑问牛郎与织女，是谁先过鹊桥来？”杨维桢《柳花》诗写道：“飞入画楼花几点，不知杨柳在谁家？”

评点

词兴起于唐，五代时有进一步发展。南唐中主李璟、后主李煜，以及冯延巳等人都是作词高手。李璟的词句“小楼吹彻玉笙寒”，冯延巳的词句“风乍起，吹皱一池春水”，皆为一时之警策。李璟和冯延巳开玩笑说：“‘风乍起，吹皱一池春水’，干卿底事？”冯延巳知趣地说：“‘吹皱一池春水’，远不如陛下的‘小楼吹彻玉笙寒’好。”二人会心大笑。于是“‘风乍起，吹皱一池春水’，干卿底事”，成为诗史上一段佳话。袁枚从这句词中体悟到，正因为没有关系，才是好诗。因为越不相干，越能表现出诗人的痴情、纯真，诗人的赤子之心。

原文

诗有极平淡，而意味深长者。桐城张征士若驹《五月九日舟中偶成》云：“水窗晴掩日光高，河上风寒正长潮。忽忽梦回忆家事，女儿生日是今朝。”此诗真是天籁。然把“女”字换一“男”字，便不成诗。此中消息，口不能言。

译文

有的诗从表面上看极为平淡，仔细品味会感到意韵深长。桐城张若驹征士《五月九日舟中偶成》诗写道：“水窗晴掩日光高，河上风寒正长潮。忽忽梦回忆家事，女儿生日是今朝。”这首诗真是浑然天成。然而将诗中的“女”字换成“男”字，便没有诗味了。其中的道理，很难用语言表述清楚。

评点

张若驹这首《五月九日舟中偶成》诗，表现了父女之间的一片真情，袁枚称之为“天籁”。这种父女之情，是通过身在他乡的父亲于江上舟中想起今日是女儿生日一事，表现出来的。袁枚认为，如果将女儿换成儿子，便诗意索然了。并说“此中消息，口不能言”，为什么呢？大约因为女孩子的感情更为细腻，更在意生日事；还是因为女孩子对父亲真有一种弗洛依德所说的什么“恋父情结”？

不及伪者

原文

王昆绳曰：“诗有真者，有伪者，有不及伪者。真者尚矣，伪者不如真者；然优孟学孙叔敖，终竟孙叔敖之衣冠尚存也。使不学孙叔敖之衣冠，而自著其衣冠，则不过蓝缕之优孟而已。譬人不得看真山水，则画中山水，亦足自娱。今人诋呵七子，而言之无物，庸鄙粗哑：所谓不及伪者是矣。”

译文

王源说：“诗有真诗，有假诗，还有不如假诗的诗。真诗是最好的了，假诗不如真诗；然而优孟摹仿孙叔敖，毕竟还穿戴着孙叔敖的衣服和帽子。假如不去摹仿孙叔敖也不穿戴孙叔敖的衣帽，而是穿戴着自己的衣帽，只不过是穿戴着破衣帽的优孟罢了。比如一个人没机会去看真山真水，看画中的山水，也足可以自我欢娱了。当今某些人责骂明代七子，但自己作的诗又内容空洞，语言粗俗音韵滞涩，这就是所说的还不如摹仿前人的假诗了。”

评点

明代七子的诗，专事摹仿因袭盛唐，优孟衣冠，谓之“伪诗”。而某些诋毁明代七子的人，自己所作的诗“言之无物，庸鄙粗哑”，王源斥之为“不及伪者”。真者像真山真水，伪者如画中山水，亦可供人观赏，而不及伪者，便无观赏价值可言了。王源的话，颇为深刻。

词浅意深与词深意浅

原文

朱竹君学士曰："诗以道性情。性情有厚薄，诗境有浅深。性情厚者，词浅而意深；性情薄者，词深而意浅。"

译文

朱筠学士说："诗是表述诗人性情的文体。人的性情有厚有薄，诗的意境因此便有深有浅。性情深厚的人，诗的文字便会浅显而意韵深远；性情浅薄的人，诗的文字便会艰深而意韵浅近。"

评点

朱筠这段话，表述了性情的重要性。诗有"词浅意深"与"词深意浅"之别，而这种区别则是由性情的厚薄所决定的。

来得 去得 存得

原文

胡稚威云："诗有来得、去得、存得之分。来得者，下笔便有也；去得者，平正稳妥也；存得者，新鲜出色也。"

译文

胡天游说："有的诗不招自来，有的诗应该舍弃，有的诗值得保留。不招自来的诗，提笔便可以一挥而就；应该舍弃的诗，字面上平正稳妥；值得保留的诗，清新鲜活特色突出。"

评点

"来得者"，自然天成；"存得者"，苦心经营。只有看似"平正稳妥"而毫无新意的诗，应毫不犹豫地舍弃。

天分高 故虚心

原文

刘霞裳与余论诗曰："天分高之人，其心必虚，肯受人讥弹。"余谓非独诗也；钟鼓虚故受考，笙竽虚故成音。试看诸葛武侯之集思广益，勤求启诲；此老是何等天分？孔子入太庙，每事问。颜子以能问于不能，以多问于寡。非谦也，天分高，故心虚也。

译文

刘霞裳和我谈论诗的时候说：“天资才气高的人，他一定很虚心，听得进别人的批评甚至是讥讽。”我说不仅诗人是这样；钟和鼓是虚空的因此能敲击出声音，笙和竽是虚空的因此能发出动听的声音。请看诸葛亮是那样善于集中众人的智慧，勤奋好学又诲人不倦；这位老丞相天分是何等惊人?孔子走进太庙，每件事都虚心请教。颜渊能向能力不如自己的人求教，向学问不如自己的人求教。这不只是谦虚，因天资才气高，所以才能虚心了。

评点

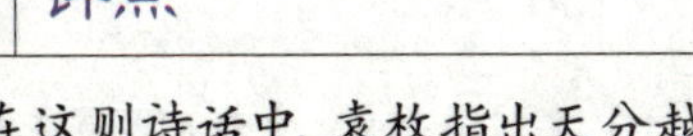

在这则诗话中，袁枚指出天分越高的人，越能虚心求教。妄自尊大的人，多半是不学无术。并以孔子、颜渊和诸葛亮为例，说明大圣、大贤和大智者都能虚心向不如自己的人求教。他在《续诗品》第三十首中写道：“圣求童蒙，而况于我！低棋偶然，一着颇可。”圣人都那样虚心，何况是我们这些凡夫俗子了。

胸境超脱 相对温雅

原文

王西庄光禄，为人作序云：“所谓诗人者，非必其能吟诗也。果能胸境超脱，相对温雅，虽一字不识，真诗人矣。如其胸境龌龊，相对尘俗，虽终日咬文嚼字，连篇累牍，乃非诗人矣。”余爱其言，深有得于诗之先者。故录之。

译文

王鸣盛光禄，在为人诗集作的序言中写道：“所说的诗人这一称呼，未必一定是会作诗的人。如果是心胸超迈脱俗，对人温文尔雅，虽然一个字都不认识，也是一个真正的诗人。如果是心胸狭小低俗，对人俗不可耐，虽然终朝每日咬文嚼字，没完没了地写个不停，也不是个诗人。”我赞赏他的话，这真是学诗者的先决条件。因此记录下来。

评点

在这则诗话中，袁枚引用了王鸣盛这段话，强调学诗者应首先注重自身的品德修养，要有超脱的胸襟，待人处世要有温文尔雅的气度。从反面说，应该去掉龌龊和尘俗，使心灵不断得以净化。这样，必然会如《论语·宪问》所说："有德者必有言。"成为一个真正的诗人。袁枚在《续诗品》第二十一首中写道："禅偈非佛，理障非儒。心之孔嘉，其言蔼如。"他是赞成韩愈《答李翊书》中所说的话："根之茂者其实遂，膏之沃者其光晔，仁义之人，其言蔼如也。"

非人间凡响

原文

诗有音节清脆，如雪竹冰丝，非人间凡响，皆由天性使然，非关学问。在唐，则青莲一人，而温飞卿继之。宋有杨诚斋，元有萨天锡，明有高青邱。本朝继之者，其惟黄莘田乎？

译文

有的诗音节响亮清脆，像清冷高洁的竹管丝弦音乐，不是人世间平常音响，这都是诗人先天的性情形成的，与学问造诣没有关系。在唐代，只有李白一个人，以后有温庭筠继承他。宋代有杨万里，元代有萨都剌，明代有高启。当代的继承人，只有黄任吧？

评点

袁枚强调诗应"音节清脆"，并说此事是"天性使然，非关学问"，使之神秘化。所谓音节，指声的高低、平仄、缓急等节奏，音节清脆，就是有音乐美。但这并非全是"天性使然"，后天的努力同样重要。袁枚在另一则诗话中曾写道："一韵中有千百字，凭吾所选，尚有用后不慊意而别改者。"在又一则诗话中写道："凡其音涉哑滞者，晦僻者，便宜弃舍。'葩'即'花'也，而'葩'字不亮；'芳'即'香'也，而'芳'字不响：以此类推，不一而足。"这些说法也还是唯物的，可操作的。

是皆不可偏废

原文

学问之道，《四子书》如户牖，《九经》如厅堂，《十七史》如正寝，杂史如东西两厢，注疏如枢闑，类书如厨柜，说部如庖湢井匽，诸子百家诗文词如书舍花园。厅堂正寝，可以合宾，书舍花园，可以娱神。今之博通经史而不能为诗者，犹之有厅堂大厦，而无园榭之乐也。能吟诗词而不博通经史者，犹之有园榭而无正屋高堂也。是皆不可偏废。

译文

有关学问这件事，《四子书》像是门窗，《九经》像是厅堂，《十七史》像是正屋，杂史像是东西两侧的厢房，注疏像是房门的转轴，类书像是屋中的厨柜，说部像是厨房浴室水井，诸子百家诗词文章像是书房花园。厅堂正屋适合接待宾客，书房花园可以令人赏心悦目。如今有些博通经史却不会写作诗文的人，就像是有厅堂广厦，而没有园林亭榭供人娱乐。能写作诗文却不通晓经史的人，就像是有园林亭榭而没有厅堂广厦。这两个方面都不能缺少。

评点

所谓学问，分各种门类，各个学科，各有各的作用，各有各的位置。袁枚有感于某些人，博通经史而不能诗，善于诗文而不通经史，他认为两者不可偏废。“不可偏废”并非平均用力，只是不应偏执一端，对另一端一无所知罢了。

食马留肝 烹鱼去乙

原文

或问："刘勰言：'陆机亦有锋颖，而腴词勿剪，终累文骨。'近日才人，如宝意、鱼门，时蹈此病。"余晓之曰："韦端己云：'屈、宋亦有芜词，应、刘岂无累句？但须精选斯文者，食马留肝，烹鱼去乙可耳。此《极玄集》之所由作也。'"

译文

有人问道："刘勰说：'陆机的诗文也很有锋芒，但是多余的文字没有删除，终于影响了诗文的风骨。'近来某些有才华的诗人，如商盘、程晋芳，也经常犯有这种毛病。"我告诉他说："韦庄说：'屈原、宋玉的作品也有多余的文字，应玚、刘桢的诗文怎能没有多余的文字？只是须要有所选择地去读这些作品，吃马肉剩下马肝，烹鱼去掉腮骨便可以了。这是《极玄集》编著的原因。'"

评点

袁枚曾将诗的内容比做主人，将语言比做奴婢。"多辞寡意"，便是"主弱奴强"，结果必然是指挥不灵，导致作品的失败。在这一则诗话中，袁枚明确指出，对于那些"芜词"、"累句"，要毫不犹豫地删除，有如"食马留肝、烹鱼去乙"一样。这种删除"芜词"、"累句"的过程，就是去芜存菁的过程，就是作品典型化的过程。

亦藉其人所居之位分

原文

金陵承恩寺僧行荦，能诗，有句云："雨晴云有态，风定水无痕。"其师阐乘有五绝云："香风透窗纱，风轻日未斜。午堂春睡起，双燕下含花。"又有句云："才展金刚经了了，金刚经夹小吟笺。"余尝云："凡诗之传，虽藉诗佳，亦藉其人所居之位分，如女子、青楼、山僧、野道，苟成一首，人皆有味乎其言，较士大夫最易流布。"

译文

金陵承恩寺僧人行荦，诗作得很好，有诗句写道："雨晴云有态，风定水无痕。"他的师父阐乘有一首五言绝句写道："香风透窗纱，风轻日未斜。午堂春睡起，双燕下含花。"还有诗句写道："才展金刚经了了，金刚经夹小吟笺。"我曾经说："大凡诗文能够得以流传，虽然凭借诗本身的质量，也凭借诗人的身份和所处的职位，如闺中女子、青楼妓女、山野的僧人、道士，如果写出一首诗，读者都会有兴趣去读他们的诗，与一般文人所作的诗相比便会更容易流传。"

评点

诗文与作者的关系，可分两种情况：一是人以诗传，诗确实好，人也就随之传名于世了；一是诗以人传，因作诗的人权高位险，所作诗格外受到重视。除此之外，一些特殊身份的人，如和尚、道士、女子等等，只要诗稍有韵味，便会被炒作得沸沸扬扬，较一般诗人更为醒目。

遥同即遥和

原文

毛西河言："古人诗题，所云'遥同'者，即遥和也。谢朓《同谢咨议铜雀台诗》、卢照邻《同纪明孤雁诗》，皆是和诗，非同游也。"

译文

毛奇龄说："古代诗人在诗题中，所写的'遥同'这两个字，就是遥和的意思。谢朓所作的《同谢咨议铜雀台诗》、卢照邻所作的《同纪明孤雁诗》，都是彼此两地的和诗，不是在一处同游。"

评点

袁枚引用毛奇龄的话，说明古人诗题中的"遥同"即"遥和"，是和诗，不是同游之意。

学力方深 精神始出

原文

人闲居时，不可一刻无古人；落笔时，不可一刻有古人。平居有古人，而学力方深；落笔无古人，而精神始出。

译文

诗人无事不作诗的时候，一时一刻都不应该心中没有古人；落笔作诗的时候，一时一刻都不应该心中留有古人。平时心中有古人，学识造诣才能高深；写诗时心中没有古人，才能体现出诗人自己的精神风貌。

评点

平时向古人学习，以提高学识水平；作诗时不被古人左右，才能显现诗人的性情。

可解不可解之间

原文

戴喻让有句云："夜气压山低一尺。"周蓉衣有句云："山影压船春梦重。"皆妙在可解不可解之间。

译文

戴喻让有诗句写道："夜气压山低一尺。"周蓉衣有诗句写道："山影压船春梦重。"都妙在可以理解与不可以理解之间。

评点

因处于可解不可解之间，才更耐心寻味。此类诗句古亦有之，如李贺诗句"黑云压城城欲摧"，与袁枚所引用的这两句诗亦颇为相近。

使闻者人人点头

原文

有全首在人意中者：门生蔡家璋《舟中》云："孤客心情急去旌，榜人带月趁宵征。去舟时共来舟语，残梦依稀听不明。"汪舟次《田间》云："小妇扶犁大妇耕，陇头一树有啼莺。儿童不解春何在，只向游人多处行。"此种诗，儿童老妪，都能领略。而竟有学富五车者，终身不能道只字也。他如：汤扩祖之"事当失路工成拙，言到乖时是亦非"；方子云之"优孟得时皆贵客，英雄见惯亦常人"；"酒常知节狂言少，心不能清乱梦多"；吴西林之"贫士出门非易事，豪门投刺岂初心"：皆使闻者人人点头。

译文

有的全首诗都是读者心中早已想过的，我的学生蔡家璋《舟中》诗写道："孤客心情急去旌，榜人带月趁宵征。去舟时共来舟语，残梦依稀听不明。"汪楫《田间》诗写道："小妇扶犁大妇耕，陇头一树有啼莺。儿童不解春何在，只向游人多处行。"这样的诗，无论是小孩子还是老婆婆，都能明白。然而竟然有读书万卷满腹学问的人，一辈子也写不出一句这样的诗。其他还有：汤扩祖的"事当失路工成拙，言到乖时是亦非"；方子云的"优孟得时皆贵客，英雄见惯亦常人"；"酒常知节狂言少，心不能清乱梦多"；吴颖芳的"贫士出门非易事，豪门投刺岂初心"：这些诗句都使读者暗自点头会意。

评点

袁枚在这里列举的这些诗句，确实能令读者点头会意。这类诗，均来自于诗人对人生的感悟与理解，对生活的体验与发现，不是仅凭学问所能写出来的。因此袁枚说："此种诗，儿童老妪，都能领略。而竟有学富五车者，终身不能道只字也。"

真厚村小传

原文

六合彭厚村，家资百万，慷慨好施，年六十，而家资罄矣。不得已，辞家远出，卒于乃弟孝丰署中。葛筠亭哭以诗云："头盈白发翻为客，手散黄金可筑台。"又曰："侠传众口难为富，患在无钱不认贫。"真厚村小传。其弟迪庵，葛弟子也。葛往访之，赠诗云："笑随童叟来听政，要借云山去赋诗。"《在西湖夜望》云："月光山色静窗扉，夜景空明水四围。多少渔灯风不定，满湖心里作萤飞。"葛诗笔绝佳，半生为时文所累；然高达夫五十咏诗，故未迟也。

译文

六合县人彭厚村，家产上百万，为人慷慨乐善好施，六十岁的时候，家产已施舍尽了。没有办法，离开家到远方去，死于他的弟弟彭孝丰的官府中。葛筠亭悼念他作诗写道："头盈白发翻为客，手散黄金可筑台。"又写道："侠传众口难为富，患在无钱不认贫。"真是彭厚村的生平小传。他的弟弟彭迪庵，是葛筠亭的学生。葛筠亭去看望他，作诗赠给他写道："笑随童叟来听政，要借云山去赋诗。"葛筠亭的诗文笔极好，前半生被八股文所害；然而高适五十岁才开始作诗，所以也还不算晚。

评点

蔼筠亭哭彭厚村诗，有两个特点：一是概括性；一是准确性。做到这两点，亦颇为不易。“真厚村小传”这句评语，是当之无愧的。

论古事极有见解

原文

山阴沈冰壶，字清玉，有《古调独弹集》。以新乐府论古事，极有见解，如：辨永王璘之非反，李白之受诬，作《夜郎行》；雪李赞皇之非党，作《崖州行》；笑隋主诛宇文，身死于宇文，作《南氏怨》。以何平叔之不父曹瞒为孝，不从司马为忠，其粉白不离手之说，即梁冀诬李固之胡粉饰貌也。人言崔浩毁佛遭祸，乃《咏崔浩》云：“仙不能救，佛岂能厄？”尤为超脱。

译文

山阴人沈冰壶，字清玉，作有《古调独弹集》。用新乐府的形式来议论古代的事，特别有见解，如：辨别唐永王李璘不是谋反，李白是蒙受了诬陷，为此写了《夜郎行》一诗；认为李赞皇没有结党谋反，为他雪冤，写了《崖州行》一诗；讥笑隋炀帝欲诛杀宇文氏，自己却死在宇文氏的手中，为此写了《南氏怨》。认为何宴不认曹操为父是孝，不服从司马氏是忠；有人说何宴肌肤洁白是因为他手不离白粉随时涂饰，这与梁冀诬陷李固用胡粉饰貌是一样的荒唐。有人说崔浩毁坏了佛像因此遭受灾祸，便作《咏崔浩》诗写道：“仙不能救，佛岂能厄？”更显得超凡脱俗。

评点

沈冰壶这些“论古事”的诗，不在寄托，也不是凭空“翻案”，而是以史实为依据，写出诗人独到的见解，也体现了诗人耿介的性情。

诗改一字 界判人天

原文

诗改一字，界判人天，非个中人不解。齐己《早梅》云："前村深雪里，昨夜几枝开。"郑谷曰："改'几'字为'一'字，方是早梅。"齐乃下拜。某作《御沟》诗曰："此波涵帝泽，无处濯尘缨。"以示皎然。皎然曰："'波'字不佳。"某怒而去。皎然暗书一"中"字在手心待之。须臾，其人狂奔而来，曰："已改'波'字为'中'字矣。"皎然出手心示之，相与大笑。

译文

诗有时改动一个字，便会有天上和人间的区别，如果不是个会作诗的人是无法理解的。齐已《早梅》诗写道："前村深雪里，昨夜几枝开。"郑谷说："将'几'字改为'一'字，才能显出是早梅。"齐已对郑谷虔诚地拜谢。有人作《御沟》诗写道："此波涵帝泽，无处濯尘缨。"拿这句诗给皎然看。皎然说："'波'字用得不好。"那个人很生气地走了。皎然暗自在手心上写了一个"中"字等待那个人回来。不一会儿，那个人飞快地跑回来，对皎然说："我已经将这个'波'字改为'中'字了。"皎然伸出手将手心上的"中"字给那个人看，两个人相对大笑起来。

评点

这也是"一字师"的故事。这一个字，往往在诗句中的关节处，紧要处，因此"诗改一字，界判人天"。读者也会看得出来的。

最易感人

原文

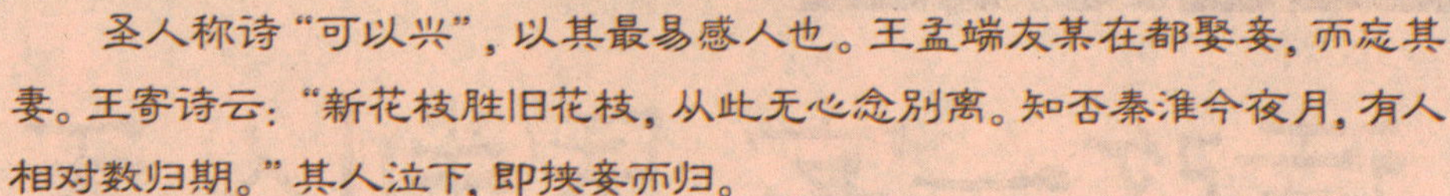

圣人称诗“可以兴”，以其最易感人也。王孟端友某在都娶妾，而忘其妻。王寄诗云：“新花枝胜旧花枝，从此无心念别离。知否秦淮今夜月，有人相对数归期。”其人泣下，即挟妾而归。

译文

孔子说诗“可以兴”，是因为诗这种文体最能使人感动。王孟端的一位朋友在京城娶妾，忘了老家的妻子。王孟端在寄给这位朋友的诗中写道：“新花枝胜旧花枝，从此无心念别离。知否秦淮今夜月，有人相对数归期。”这位朋友读后流下了眼泪，就带着妾回老家去了。

评点

袁枚在这则诗话中，讲述了一首诗能使一个娶妾忘妻的人回心转意的故事。诗是抒情的文体，以情感人，不是以理服人，这就是诗的美感作用。孔子所说的诗“可以兴”，即指此而言。

正喻夹写 似是而非

原文

诗有正喻夹写，似是而非之语，最妙。王介祉《咏铁马》云：“依人檐宇下，底作不平鸣？”香亭《阻风》云：“想通天上银河易，力挽人间风气难。”周之桂《咏秋暑》云：“傍晓灯偏光焰大，罢官人更热中多。”董曲江太史《过十八滩》云：“漫夸利涉乘风便，始信中流立脚难。”周诗成时，适有罢官者冒酷暑入都，读者愈觉其佳。

译文

有的诗在正面描写中含有另一种意思，像是在写这件事物而又不是，这样的诗句最为精妙。王介祉《咏铁马》诗写道：“依人檐宇下，底作不平鸣?”袁树《阻风》诗写道：“想通天上银河易，力挽人间风气难。”周之桂《咏秋暑》诗写道：“傍晓灯偏光焰大，罢官人更热中多。”董曲江太史《过十八滩》诗写道：“漫夸利涉乘风便，始信中流立脚难。”周之桂那首诗写出来的时候，正赶上有被免除官职的人冒着酷暑到京城来，读者更觉得这首诗写得好。

评点

正喻夹写，似是而非，就是别有寓意，所谓“借题发挥”。袁枚认为这样写法“最妙”，因为这种诗有弦外之音，味外之味，耐人玩味。借题发挥，又不能离题万里，若即若离，似是而非，须掌握其间的“度”。

使人易于矜伐

原文

谢深甫云：“诗之为道，标举性灵，发抒怀抱，使人易于矜伐。”此言是也。然如杜审言临终谓宋之问曰：“不见替人，久压公等。”袁嘏自称己所作诗，“须以大材迮之，不尔，飞去”。言虽夸，尚有风趣。汉桓帝时，马子侯自谓知音，弹《陌上桑》，左右尽笑，而子侯犹摇头自得。则尚狞太过矣。今之未偕“竞”“病”而诗狂欲上天者，毋乃类是。

译文

谢深甫说：“诗的功能，在于表达人的性情，抒发人的怀抱，因此容易使人夸耀自己。”这话是对的。但是像杜审言临终时对宋之问说：“没有接替的人，压制你们太久了。”袁嘏说自己所作的诗，“必须用重物压住，不然的话，便会飞走了”。这些话虽然夸张，但是还有风趣。汉桓帝时，马子侯说自己懂得音律，便弹奏起《陌上桑》曲子，周围听到的人都耻笑他，但是马子侯却摇着头洋洋自得。这就太不知羞耻了。如今有些还不懂得“竞”、“病”二字谐韵竟然狂傲无比的人，便很像马子侯了。

评点

袁枚在诗话中一再提醒学诗者应谦虚谨慎，戒骄戒躁。南朝梁曹景宗，是一名武将，却能用“竞”、“病”二字押韵作诗，如今连起码的诗韵都不懂的人，竟然“诗狂欲上天”，都属于马子侯一流的人。

以衣喻文 以食喻诗

原文

孙兴公说高辅佐“如白地光明锦，裁为负版裤，虽边幅颇阔，而全乏剪裁。”宋诗话云：“郭功甫如二十四味大排筵席，非不华侈，而求其适口者少矣。”一以衣喻文，一以食喻诗；作者俱当录之座右。

译文

孙绰说曹（底本为“高”，误，应为“曹”——译者）毗的文章“像用名贵的锦缎，来做一件粗制的裤子，虽然边幅宽大，但完全缺乏精心的剪裁。”宋代的诗话中写道：“郭祥正的诗像用各种美味摆设的筵席，不是不奢华，但要找到喜欢吃的却很少了。”一是用做衣服来比喻做文章，一是用做饮食来比喻作诗：作诗文的人都应该抄录下来当做座右铭。

评点

袁枚在诗话中曾写道：“诗如言也，口齿不清，拉杂万言，愈多愈厌。”还写道：“刘勰言‘陆机亦有锋颖，而腴词勿剪，终累文骨’都是在强调精炼的重要性。在这则诗话中，又以裁衣和设宴来比喻，尽管用料精美，如不能精选和删剪，便难以成为好诗。

易学难工 难学易工

原文

吴冠山先生言："散体文如围棋，易学而难工；骈体文如象棋，难学而易工。"余谓古诗如象棋，近体如围棋。

译文

吴冠山先生说："古文像围棋，容易学会但很难达到精妙的程度；骈体文像象棋，不容易学会但学会后便容易达到精妙的程度。"我说古体诗像象棋，近体诗像围棋。

评点

袁枚借用吴冠山以棋喻文的话，以棋喻诗，说明近体诗虽然容易入门，但写好了却很难。而古体则正相反。

概太白生平

原文

吾乡王百朋先生《过李白庙》云："气吞高力士，眼识郭汾阳。"只此十字，可以概太白生平。

译文

我的同乡王百朋先生《过李白庙》诗写道："气吞高力士，眼识郭汾阳。"仅此这十个字，便可以概括出李白的一生。

评点

李白写作《清平调》时，贵妃为他捧砚，高力士为他脱靴；他曾在太原结识身为兵士的郭子仪，并解救郭免受刑罚。这是李白平生最为风光的两件事。以此题写李白庙便有很强的概括性。

读诗读史

原文

读诗不读史，便不知作者事何所指。李焘《长编》载：宋真宗为李沆还债三十万。故宋人诗云："新祠民祭祀，旧债帝偿还。"《唐书》载：王毛仲奏明皇：愿得宋璟为客。帝许之。故徐骑省《赠陈侍郎花烛》云："坐客亦从天子赐，更筹须为主人留。"

译文

如果只读诗而不读史，便无法明白诗人所用的典故指的是什么。李焘《续资治通鉴长编》中记载：宋真宗替李沆偿还债务三十万。因此宋人在诗中写道："新祠民祭祀，旧债帝偿还。"《唐书》中记载：王毛仲上奏唐玄宗：希望能请来宋璟为宾客。唐玄宗答应了他的请求。因此徐铉《赠陈侍郎花烛》诗写道："坐客亦从天子赐，更筹须为主人留。"

评点

袁枚强调学诗者应既读诗又读史，有较为丰富的历史知识，才能懂得诗中所使用的典故指何而言。如这两句诗，如不知所用之典，便体味不到诗的妙处。

雅谑自佳

原文

雅谑自佳。或以诗示仲小海。仲曰："诗佳矣，可惜太甜。"其人愕然问故。曰："有唐气，焉得不甜？"蔡芷衫好自称"蔡子"，以诗示汪用敷。汪曰："打油诗也。"蔡怒曰："此《文选》正体，何名打油？"曰："菜子不打油，何物打油？"

译文

高雅的玩笑自然会收到很好的效果。有人拿着诗请仲小海审阅。仲小海说："诗写得很好了，可惜太甜了。"那个人吃惊地问什么原因。回答说："有唐诗的气味，怎么能不甜呢？"蔡芷衫喜欢称自己为"蔡子"，他拿着诗请汪用敷审阅。汪用敷说："这是打油诗。"蔡芷衫生气地说："我的诗是《文选》的正体，怎么能叫打油诗呢？"回答说："菜子不打油，还能有什么东西打油？"

评点

"雅谑"，即所谓文雅的玩笑。开玩笑而不雅，便会流于低俗。知识性与趣味性的统一，是雅谑的主要特点。只有知识性没有趣味性，便不能称其为"谑"；只有趣味性没有知识性也不能称其为"雅"。

一片性情 恐是名手

原文

戊寅二月，过僧寺，见壁上小幅诗云："花下人归喧女儿，老妻买酒索题诗。为言昨日花才放，又比去年多几枝。夜里香光如更好，晓来风雨可能支？巾车归若先三日，饱看还从欲吐时。"诗尾但书"与内子看牡丹"，不书名姓。或笑其浅率。余曰："一片性灵，恐是名手。"乃录稿问人，无知者。后二年，王孟亭太守来看牡丹，谈及此诗，方知是国初逸老顾与治所作。余自负赏识之不误。王因云："国初前辈，不登仕途，与老妻相对，往往有此清妙之作。"因诵吴野人《寿内》云："潦倒丘园二十秋，亲炊葵藿慰余愁。绝无暇日临青镜，频过荒年到白头。海气荒凉门有燕，溪光摇荡屋如舟。不能沽酒持相祝，依旧归来向尔谋。"觉风趣更出顾诗之上。

译文

戊寅年二月，到一座寺庙中游览，见到墙壁上有一首小诗写道：“花下人归喧女儿，老妻买酒索题诗。为言昨日花才放，又比去年多几枝。夜里香光如更好，晓来风雨可能支？巾车归若先三日，饱看还从欲吐时。”诗的结尾处仅仅题写“与内子看牡丹”字样，没有题写作者的姓名。有人嘲笑这首诗写得浅显粗率。我说：“诗中所表现的完全是作者的性情，作者可能是位名家。”便将诗稿抄录下来询问别人，没有人知道。两年后，王孟亭太守来观赏牡丹花，说到这首诗，才知道是本朝初年隐世遁居的老人顾梦游所作。我认为自己的眼力不错。于是王孟亭又说道：“本朝初年的老前辈，不追求功名利禄，与老妻为伴，常常能写出清新美妙的诗作。”接着又朗诵了吴嘉纪的《寿内》诗：“潦倒丘园二十秋，亲炊葵藿慰余愁。绝无暇日临青镜，频过荒年到白头。海气荒凉门有燕，溪光摇荡屋如舟。不能沽酒持相祝，依旧归来向尔谋。”觉得这首诗的风趣比顾梦游的诗高出一筹。

评点

这两首诗所表述的都是老年夫妻彼此之间的真情实感，袁枚誉为“一片性情”。而吴嘉纪《寿内》一首，使人想起元稹的《遣悲怀》，虽然一是祝寿一是悼亡，但诗中的情与事颇为相近。前一首有人笑其“浅率”，也确是某些“性灵诗”的弊端。

有心胸 有性情

原文

尹文端公曰："言者，心之声也。古今来未有心不善而诗能佳者。《三百篇》，大半贤人君子之作。溯自西汉苏、李五言，下至魏、晋、六朝、唐、宋、元、明，所谓大家、名家者，不一而足。何一非有心胸、有性情之君子哉？即其人稍涉诡激，亦不过不矜细行，自损名位而已。从未有阴贼险狠，妨民病国之人。至若唐之苏涣作贼，刘叉攫金，罗虬杀妓：须知此种无赖，诗本不佳，不过附他人以传耳。圣人教人学诗，其效可睹矣。"余笑曰："曹操何如？"公曰："使操生治世，原是能臣。观其祭乔太尉，赎文姬，颇有性情：宜其诗之佳也。"

译文

尹继善公曾说："语言，是表达人心性的声音。古往今来没有心地不善良而能写出好诗来的。《诗经》，大都是品德高尚的人写作的。追溯至西汉时苏武、李陵的五言诗，下至魏、晋、南北朝、唐、宋、元、明，所说的大诗人、名诗人，不止是一两个人。何曾有一个是心胸不宽广性情不纯真的人呢？即或有的人稍嫌有些狡黠，也不过是不拘小节，影响了自己的功名官位罢了。从来没有阴险狠毒的奸贼，祸国殃民的恶人。至于像唐代的苏涣当盗贼，刘叉窃取黄金，罗虬杀死妓女；应该知道这些无赖之徒，他们的诗本来不好，只不过是依附别人才得以流传。孔子教导人们学诗，其作用由此可见。"我开玩笑说："曹操这个人怎么样？"尹继善公说："假如曹操生于太平盛世，本是个有能力的大臣。观察他祭奠乔太尉，赎回蔡文姬，都很有性情：这使得他能写出好诗了。"

评点

袁枚引用尹继善的一段话，论述了古往今来的诗文名家，都是有心胸、有性情的君子，没有“心不善而诗能佳者”。个别人的缺点毛病，也都属于不拘小节。因为诗是表达心胸、性情的，心胸狭窄，性情险恶，怎能写出感人的好诗？

诗中的方言

原文

唐人诗中，往往用方言。杜诗：“一昨陪锡杖。”“一昨”者，犹言昨日也。王逸少帖：“一昨得安西六日书。”晋人已用之矣。太白诗：“遮莫枝根长百尺。”“遮莫”者，犹言尽教也。干宝《搜神记》：“张华以猎犬试狐。狐曰：‘遮莫千试万虑，其能为患乎？’”晋人亦用之矣。孟浩然诗：“更道明朝不当作，相期共斗管弦来。”“不当作”者，犹言先道个不该也。元稹诗：“隔是身如梦，频来不为名。”“隔是”者，犹云已如此也。杜牧诗：“至竟薛亡为底事。”“至竟”者，犹云究竟也。

译文

唐代诗人的诗中，常常使用方言。杜甫的诗中写道：“一昨陪锡杖。”“一昨”这个词，也就是说“昨天”。王羲之的字帖写道：“一昨收到寄自安西的初六日发出的书信。”晋代人已经在用“一昨”这个词了。李白在诗中写道：“遮莫枝根长百尺。”“遮莫”这个词，也就是说“尽教”。干宝《搜神记》记载：“张华试着用猎犬去追捕狐狸，狐狸说：‘遮莫你想出各种办法试着捉住我，你又能给我带来什么祸患呢？’”晋代人已经在用“遮莫”这个词了。孟浩然在诗中写道：“更道明朝不当作，相期共斗管弦来。”“不当作”这个词，也就是说先道一声“不应该”。元稹在诗中写道：“隔是身如梦，频来不为名。”“隔是”这个词，也就是说“已经如此”。杜牧在诗中写道：“至竟薛亡为底事。”“至竟”这个词，就是说“究竟”。

评点

在这则诗话中，袁枚考证了唐人诗中使用方言的情况。如杜甫、李白、孟浩然、元稹、杜牧诗中都有所使用。有的方言，晋人已经用过。方言俚语，年代久远，常不知其意，诗文中不宜多用。

独爱南塘

原文

桐城二诗人，方扶南与方南塘齐名。鱼门爱扶南。余独爱南塘；何也?以其诗骨清故也。扶南苦学玉溪、少陵两家，反为所累，夭阏性灵。南塘，如："风定孤烟直，天遥独鸟沉"、"因潮通估客，隔苇见渔灯"、"闰年入夏花犹在，积雨逢晴草怒生"，皆扶南所不能。至于"无意怀人偏入梦，未报恩门羞再入"，其妙在真。又，"清风时一来，悠然复徐歇"，真陶诗之佳者。

译文

桐城的二位诗人，方世举与方南塘名气相当。程晋芳喜爱方世举的诗。我偏偏喜爱方南塘的诗；这是为什么呢?因为方南塘的诗格调清新。方世举专门学李商隐、杜甫二人的诗，反而受害，泯灭闭塞了自己的性情。方南塘的诗如"风定孤烟直，天遥独鸟沉"、"因潮通估客，隔苇见渔灯"、"闰年入夏花犹在，积雨逢晴草怒生"，都是方世举写不出来的。至于像"无意怀人偏入梦，未报恩门羞再入"这样的诗句，它的妙处在于情真意切。还有，"清风时一来，悠然复徐歇"，真像是陶潜诗中的佳句。

评点

南塘的诗，有其独特的感受与发现，格调清新，且见性情，因此受到袁枚的垂爱。如"闰年入夏花犹在，积雨逢晴草怒生"这样的句子，读过一遍，便难以忘怀。

诗文妙处 全在于空

原文

严冬友曰："凡诗文妙处，全在于空。譬如一室内，人之所游焉息焉者，皆空处也。若窒而塞之，虽金玉满堂，而无安放此身处；又安见富贵之乐耶？钟不空则哑矣，耳不空则聋矣。"范景文《对床录》云："李义山《人日诗》，填砌太多，嚼蜡无味。若其他怀古诸作，排空融化，自出精神。一可以为戒，一可以为法。"

译文

严长明说："凡是诗文的精妙之处，都在于它的空灵。比如在一间屋子里，人所以能活动与休息，都因为有空间。如果一再往屋子里堆放物件，尽管全是金玉财宝，但没有存身之处；又怎么能显示出富贵的快乐呢？钟如果中间不空就不会响了，耳朵中间不空便聋了。"范晞文在《对床夜话》中写道："李商隐《人日》诗，典故堆砌得太多了，诗的韵味便没有了。像其他许多首怀古诗，将典故融入诗中诗便显得空灵，很有神韵。一个可以作为教训，一个可以成为经验。"

评点

袁枚曾在诗话中写道："诗之灵在空不在巧。"可见，袁枚所说的空，即空灵、超脱之意，是相对实、满、死而言。诗写得太实、太满，便呆板、僵死，无灵气可言。袁枚在《续诗品》第十七首写道："钟厚必哑，耳塞必聋。万古不坏，其惟虚空。"空灵具有不朽的魅力。

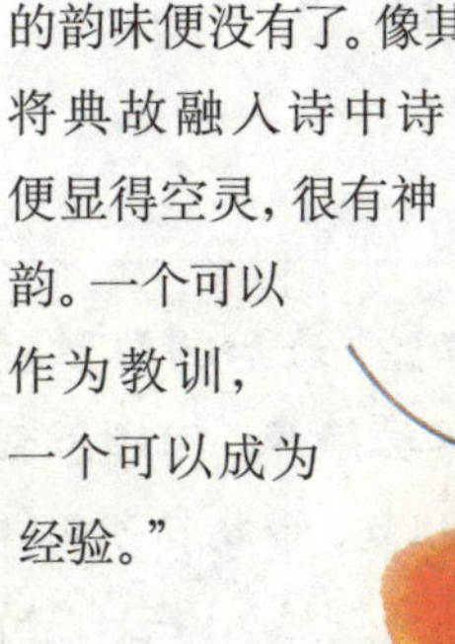

官与贼

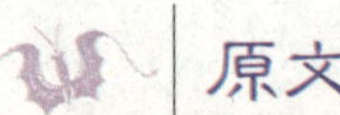

原文

南宋末年，士大夫簠簋不饬。有郑熏者，素作贼，以军功得主簿，众不礼焉。郑乃献诗云："郑熏素行本非端，熏有狂言上众官。众官作官还作贼，郑熏作贼还作官。"

译文

南宋末年，官员们都贪得无厌又不整治。有一个叫郑熏的人，曾当过盗贼，后来当兵立有战功当上了主簿，人们因此对他都很不礼貌。郑熏便作了一首诗献给众人："郑熏素行本非端，熏有狂言上众官。众官作官还作贼，郑熏作贼还作官。"

评点

郑熏这首打油诗，写得相当尖锐，它深刻地揭示出南宋末年，在民族矛盾和阶级矛盾异常激烈的情况下，社会风气腐败到了何种程度！一个官即是贼、贼即是官的社会，是必然要走向毁灭的。

假托闺情写怀

原文

写怀，假托闺情最蕴藉。仲烛亭在杭州，余屡为荐馆；最后将荐往芜湖，札问需修金若干。仲不答，但寄《古乐府》云："托买吴绫束，何须问短长？妾身君惯抱，尺寸细思量。"宋笠田宰鸠江，官罢，想捐复。余劝其不必再出山。已而宰两当，以事谪戍，悔不听余言，亦札外寄前人《别妓》诗云："昨日笙歌宴画楼，今宵挥泪送行舟。当时嫁作商人妇，无此天涯一段愁。"某明府欲聘陈楚南，以路远不决。陈寄《商妇怨》云："泪滴门前江水满，眼穿天际孤帆断。只在郎心归不归，不在郎行远不远。"

译文

抒发情怀，假托为女儿闺情显得最含蓄蕴藉。仲烛亭在杭州的时候，我多次推荐他去做教书先生。终于将他推荐到了芜湖，我寄信问他教书的酬金多少。仲烛亭没有直接回答我，而是寄来一首《古乐府》诗写道："托买吴绫束，何须问短长？妾身君惯抱，尺寸细思量。"宋笠田出任鸠江县令，罢官后，想用捐钱的办法恢复官职，我劝他不要再做官了。不久他又出任两当县令，因违法被降职去守边塞，他后悔没有听信我的劝告。也在寄给我的书信之外又附寄了前人的《别妓》诗写道："昨日笙歌宴画楼，今宵挥泪送行舟。当时嫁作商人妇，无此天涯一段愁。"某位知府要聘请陈楚南，因路途遥远而一时定不下来。陈楚南寄给他一首《商妇怨》诗写道："泪滴门前江水满，眼穿天际孤帆断。只在郎心归不归，不在郎行远不远。"

评点

闺中多温柔细腻的情怀，假托闺情书写某种情怀，会显得更有风趣，也会更含蓄蕴藉。最著名的是唐代诗人朱庆余《近试上张水部》诗："洞房昨夜亭红烛，待晓堂前拜舅姑。妆罢低声问夫婿，画眉深浅入时无？"新巧的立意，形象的比喻，曲尽人意地写出了一个读书人临近考试时的那种复杂微妙的心理状态。

皆不害其为佳

原文

写景有句同而意不同者：元人云："石压笋斜出。"宋人云："断桥斜取路。"近人刘春池云："鸟喧晴树乐于人。"鲁星村云："炎天几席热于人。"啸村云："雪中无陋巷。"星村云："远岸无高树。"皆句同而意不同者。亦有句不同而意同者，如："岸阔树难高"，"远树浪头生"，与"远岸无高树"意思相同，皆不害其为佳也。

译文

描写景物的诗有诗句相同而含义不同的情况：元人的诗写道："石压笋斜出。"宋人的诗写道："断桥斜取路。"当代人刘春池的诗写道："鸟喧晴树乐于人。"鲁瑸的诗写道："炎天几席热于人。"啸村的诗写道："雪中无陋巷。"鲁瑸的诗写道："远岸无高树。"都是诗句同而含义不同。也有诗句不同而含义相同的情况。如："岸阔树难高"，"远树浪头生"，与"远岸无高树"意思相同，这并不妨碍都是好的诗句。

评点

有的诗文字句式彼此都很相似，但思想内容却迥然不同；有的诗文字句式彼此并不同似，但思想内容又很相近。只要意境美，韵味浓，都不妨成为佳作。读诗时，细心比较，亦颇有兴味。

人老莫作诗

原文

诗者，人之精神也；人老则精神衰葸，往往多颓唐浮泛之词。香山、放翁尚且不免，而况后人乎?故余有句云："莺老莫调舌，人老莫作诗。"

译文

诗这种文体，所表现的是诗人的精神；人老了精神衰葸不振，所作的诗往往多半是些颓唐空泛的话。白居易、陆游尚且都免不了这种毛病，何况后来的人呢?因此我写有这样的诗句："莺老莫调舌，人老莫作诗。"

评点

袁枚所说的"人老则精神衰葸，往往多颓唐浮泛之词"，确实带有一定的普遍现象。不仅白居易、陆游难免于此，就是杜甫虽说是"晚节渐于诗律细"，但也不得不承认"老去诗篇浑漫与"了。袁枚在《续诗品》第十九首中写道："戒之戒之，贤智之过。老手颓唐，才人胆大。"以此为戒，还是可以避免此病的。

各极其妙 相题行事

原文

某画《折兰小照》，求题七古。余晓之曰："兰为幽静之花，七古乃沉雄之作；考钟鼓以享幽人，与题不称。若必以多为贵，则须知米豆千甔，不若明珠一粒也。刀枪杂弄，不如老僧寸铁杀人也。世充万言，何如阮咸三语？成王冠，周公使祝雍作祝词曰：'达而勿多也。'此贵少之证也。若夫谢艾虽繁不可删，王济虽少不能益：则各极其妙，亦在相题行事耳。唐人句云：'药灵丸不大，棋妙子无多。'"或问："如先生言，简固佳乎？"余曰："是又不可以有意为也。宋子京修《唐书》，有意为简，遂硬割字句，几于文理不通。顾宁人摘出数条，余摘百十余条，载《随笔》中。

译文

有人画了一幅《折兰小照》，请求我为这幅画题写一首七言古诗。我告诉他说："兰是一种幽雅娴静的花，七言古诗则是一种沉健雄浑的文体；这好像敲钟击鼓来接待一位幽雅文静的客人，和题目不相称。如果一定认为字数多就好，那么应该懂得千瓶米和豆，也不如一颗明珠宝贵。刀和枪掺杂使用，不如老和尚使用极为短小的兵器便可致人于死地。世充的千言万语，不如阮咸的三言两语。周成王登基加冕时，周公命祝雍作祝词时说：'要把意思表达好文字不要多。'这就是以少为贵的例证。至于像谢艾的文章字数虽然多也不应该删减，王济的文章字数虽然少也不应该增加，他们都能各尽其妙，也在于根据不同的题目做不同的处理了。唐人的诗句写道：'药灵丸不大，棋妙子无多。'"有人问我："按照先生您的说法，文字简略就一定好吗？"我回答说："是这样，但又不能人为地勉强去做。宋祁编纂《唐书》，为了使文字简洁，于是勉强地删削字句，几乎弄得文理不通。顾炎武从《唐书》中摘出多条有语病的句子，我也摘出一百多条，记载在《随笔》中。

评点

袁枚在诗话中一再强调，诗贵精不在多，“诗如言也，口齿不清，拉杂万言，愈多愈厌。”同时他还指出不可以为简而简，“各尽其妙，亦在相题行事耳。”篇幅大小，文字长短，都要根据题目与体式而定。

诗以进一步为佳

原文

诗以进一步为佳：杜门悬车，高尚也；而张宝臣《致仕》云：“门为看山宁用杜？车还驾鹿不须悬。”别离，苦事也；而黄石牧《送别册子》云：“一度送行传一画，人生那厌别离多。”《寄衣》，古曲也；而盛青嵝《出门》云：“检点箧中裘葛具，早知别后寄衣难。”“打起黄莺儿”，惧惊梦也；而朱受新《春莺》云：“任尔楼头啼晓雨，美人梦已到渔阳。”

译文

作诗能深一层开掘最好：杜门悬车不与外界交往潜心读书修养，是一种高尚的行为；然而张宝臣《致仕》诗写道：“门为看山宁用杜？车还驾鹿不须悬。”与亲友离别，是一件痛苦的事情；然而黄之隽《送别册子》诗写道：“一度送行传一画，人生那厌别离多。”《寄衣》，是古人常写的题目；然而盛青嵝《出门》诗写道：“检点箧中裘葛具，早知别后寄衣难。”“打起黄莺儿”那首诗，是怕黄莺的鸣叫惊破好梦，然而朱受新《春莺》诗写道：任尔楼头啼晓雨，美人梦已到渔阳。”

评点

浅尝辄止，必然流于平庸，因此进一步开掘很重要，这是求深出新的一个重要手段。所谓进一步开掘，有两层含义：一是沿着原来的方向再向前推进一步；一是与通常情况相反，即所谓“翻案”。当然，这二者都应做得合情入理。

终身不能忘

原文

断句入耳，有终身不能忘者。言情，则周兰坡《送别》云："临行一把相思泪，当作珍珠赠故人。"写景，则周起渭《西湖》云："若把西湖比明月，湖心亭是广寒宫。"寄托，则朱赞皇《咏牡丹》云："漫道此花真富贵，有谁来看未开时？"感慨，则涂方虎《赠冒辟疆》云："人逢沧海遗民少，话听开元旧事多。"

译文

有时听到一句诗，便终生不能忘怀。有关抒情方面的，如周长发《送别》诗写道："临行一把相思泪，当作珍珠赠故人。"有关景物描写的，如周起渭《西湖》诗写道："若把西湖比明月，湖心亭是广寒宫。"诗中别有寄托的，如朱襄《咏牡丹》诗写道："漫道此花真富贵，有谁来看未开时？"有感而发的，如徐倬《赠冒辟疆》诗写道："人逢沧海遗民少，话听开元旧事多。"

评点

作为一首诗，无论是言情，还是写景；也无论是别有寄托，还是感慨良深，都应该有绝妙的诗句，作为诗眼，作为一篇之警策。这样的句子，读过之后便永远忘不了。读一首诗，常常是记不住诗题，甚至也记不得作者是谁，却能记住诗中一二句优美的诗句。因此，学诗者既要学会谋篇，又要善于炼句炼字。

终是狮子之愚

原文

李玉洲先生曰："凡多读书，为诗家最要事。所以必须胸有万卷者，欲其助我神气耳。其隶事、不隶事，作诗者不自知，读诗者亦不知：方可谓之真诗。若有心矜炫淹博，便落下乘。"

又有人问先生曰："大题目用全力了却，固见力量；倘些小题，亦用长篇，岂不更见才人手段？"先生笑曰："狮子搏兔，必用全力；终是狮子之愚。"

译文

李玉洲先生说："多读书，对于诗人来说是最重要的事。所以必须读书万卷的人，才能有助于他的神思气运。无论是他在诗中使用典故，还是不使用典故，都不是诗人故意卖弄，读者也不会觉得有人为的痕迹：这样才能称得上是好诗。如果是故意去炫耀学问渊博，这样的诗便很差了。"

又有人问李玉洲先生说："写作一个大题目集中精力去完成，固然可以看出诗人的能力；假如是些小题目，也能写成长篇的诗文，岂不是更能看出诗人的才能和技巧吗？"李玉洲先生笑着回答说："狮子捕捉兔子，如果一定用尽全力，结果只能说明狮子的蠢笨。"

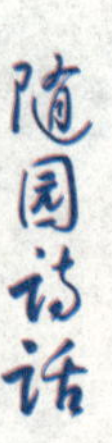

评点

袁枚引用李玉洲的话，批评在诗中堆垛典故卖弄学问的现象。特别是一些小题目，更不宜这样做，以狮子捕捉兔子作比，杀鸡何用牛刀。

音节不可不讲

原文

同一乐器：瑟曰鼓，琴曰操。同一著述：文曰作，诗曰吟。可知音节之不可不讲。然音节一事，难以言传。少陵“群山万壑赴荆门”，使改“群”字为“千”字，便不入调。王昌龄“不斩楼阑更不还”，使改“更”字为“终”字，又不入调。字义一也；而差之毫厘，失以千里：其他可以类推。

译文

同样是一类的乐器：瑟称为鼓瑟，琴称为操琴。同样属于一类的著作：文称为作文，诗称为吟诗。由此可见字的音节是不能不讲究的。但是“音节”这件事，很难用语言说清楚。杜甫“群山万壑赴荆门”这句诗，假如将“群”字改为“千”字，便会觉得音调不谐调。王昌龄”不斩楼阑更不还”这句诗，假如将“更”字改为“终”字，便会觉得音调不谐调。字义都属于一类；但是差之毫厘，失之千里：其他情况便可以此类推了。

评点

袁枚在诗话中多次强调音节的重要性。所谓音节，即指声音高低、缓急等的节奏。他主张诗的音节应清脆、响亮。他曾写道：“诗有音节清脆，如雪竹冰丝，非人间凡响。”在这则诗话中，他还以诗句为例，说明字义相同的两个字，有的“入调”有的“不入调”，学诗者每用一个字，都应该仔细斟酌、筛选，不可马虎从事，否则“差之毫厘，失以千里”。

死蛟龙不若活老鼠

原文

凡菱笋鱼虾，从水中采得，过半个时辰，则色味俱变；其为菱笋鱼虾之形质，依然尚在，而其天则已失矣。谚云："死蛟龙，不若活老鼠。"可悟作诗文之旨。然人莫不饮食也，鲜能知味也。作者难，知者尤难。

译文

大凡菱笋鱼虾这类东西，从水中采得到之后，超过半个时辰，它们的颜色和味道就改变了；作为菱笋鱼虾的形状质量，依旧还存在，但它们天生的鲜活特点已经失去了。谚语说："死了的蛟龙，不如活着的老鼠。"从中可以领悟出写作诗文的关键所在。然而人们没有不吃不喝的，却很少有人能品出食物的真正味道。正如作诗固然很难，能真正领会诗意更难。

评点

袁枚曾在诗话中写道："《乡党》云：'祭肉不出三日，出三日则不食之矣。'能诗者，其勿为三日后之祭肉乎！"在这则诗话中，又引用谚语："死蛟龙，不若活老鼠。"强调诗应鲜活，不应僵死。摹仿因袭为"死"，个性鲜明为"活"；填书塞典为"死"，抒写性灵为"活"；直白浅露为"死"，曲折有致为"活"；呕哑涩滞为"死"，音节响亮为"活"……

得心大师作偈

原文

人馈得心大师鸡子四十，师大吞咽。人笑之。师作偈云："混沌乾坤一口包，也无皮血也无毛。老僧带尔西天去，免在人间受一刀。"

译文

有人赠送给得心大师四十个鸡蛋，得心大师将这四十个鸡蛋都大口地吞咽到肚子里了。看见的人笑他贪吃。得心大师作了四句偈语道：“混沌乾坤一口包，也无皮血也无毛。老僧带尔西天去，免在人间受一刀。”

评点

得心大师偈语的妙处是含有某种哲理，即所谓颇具禅味。

非有意于求名

原文

钱辛楣少詹序冯畹庐之诗曰：“古之君子，以诗名者，大都自抒所得；而非有意于求名：故一篇一句，传诵于士大夫之口。后人会萃成书，而集始名焉。南齐张融自题其集，有‘玉海金波’之名。五代和凝镌集行世，人多笑之。近世士人，未窥六甲，便制五言。又多求名公为之标榜，遂梓集送人。宜于诗学入之不深，而可传者少。”

译文

钱大昕少詹在为冯怀朴的诗作的序言中写道：“古代的君子，因作诗而名传后世的，大都是在诗中抒发自己的心得感受；而不是有意以此出名：所以每一首每一句，都能在读书人的口中传诵。后人将这些流传的诗文会集成书，才开始有‘诗集’这个名称。南齐人张融在自己的诗集上题写‘玉海金波’的名字。五代时人和凝将自己的诗集刻印出来发行，很多人都嘲笑他们。近代的一些文人，还未见到‘六甲体’是什么样，便去写五言诗，还请很多名人来吹捧，于是又刻印成集赠送他人。由于对诗学没有深入研究，可以传世的诗很少。”

评点

古人以诗传名，并非有意求名，只为在诗中表述性情而已。与此相比，“近世士人，未窥六甲，便制五言。又多求名公为之标榜，遂梓集送人”，因此好诗不多。这些话，真有超越时空之感。

不觉习而不察

原文

谢康乐诗：“千岩盛阻积，万壑势萦回。”李白诗：“千岩泉洒落，万壑树萦回。”二句不但袭其意，兼袭其词。以太白之才，岂肯蹈袭前人？因其生平最喜谢诗，故不觉习而不察。杜少陵平生最爱庾子山，故诗亦往往袭其调，如：“风尘三尺剑，社稷一戎衣”之类，不一而足。

译文

谢灵运诗：“千岩盛阻积，万壑势萦回。”李白诗：“千岩泉洒落，万壑树萦回。”这两句诗不但因袭诗意，同时还因袭了诗的词句。有李白那样的大才，怎么能肯去因袭古人？因为李白一生最喜爱谢灵运的诗，所以不知不觉中袭用了谢灵运的诗句自己并不察觉。杜甫一生最喜欢庾信的诗赋，所以杜甫的诗也常常因袭庾信的诗的格调，如：“风尘三尺剑，社稷一戎衣”等等，不止一两处而已。

评点

李白有的诗句从谢灵运诗脱化而来，而杜甫有的诗句则是从庾信的诗赋中脱化而来。对此，袁枚毫无指责挖苦之意，只是作合情入理的推断分析。由此更见袁枚论诗通达公允的特点。

笔性灵与笔性笨

原文

有人以某巨公之诗，求选入《诗话》。余览之倦而思卧，因告之曰："诗甚清老，颇有工夫；然而非之无可非也，刺之无可刺也，选之无可选也，摘之无可摘也。孙兴公笑曹光禄：'辅佐文如白地明光锦，裁为负版袴，非无文采，绝少剪裁'是也。"或曰："其题皆庄语故耳。"余曰："不然。笔性灵，则写忠孝节义，俱有生气；笔性笨，虽咏闺房儿女，亦少风情。"

译文

有人拿来一位大人物的诗，要求我编入《诗话》之中。我读的时候便困倦想睡，于是告诉他说："诗写得很清新也很老到，很有功夫；然而要指责它无可指责，讽刺它无可讽刺，挑选它无可挑选，摘录它无可摘录。孙绰讥笑曹毗说：'你的文章好像白地明光锦那样的布料，做成一条大裤子，不是没有文采，而是缺少剪裁。'正是这种情况。"有人说："是诗的题目都太庄重的原故。"我说："不是这样。文笔灵秀，就是忠孝节义这些庄重的题目，也会写得生气勃勃；文笔笨拙，虽然是吟咏闺房儿女，也会缺少风情。"

评点

袁枚评某人诗为"非之无可非也，刺之无可刺也，选之无可选也，摘之无可摘也。"这即是那种看似完全通畅的平庸之作。他认为这样的诗不是因题目庄重造成的，而是诗人缺少灵气的结果。

刚柔参半

原文

诗家百体，严沧浪《诗话》，胪列最详，谓东坡、山谷诗，如子路见夫子，终有行行之气。此语解颐。即我规蒋心余能刚而不能柔之说也。然李、杜、韩、苏四大家，惟李、杜刚柔参半，韩、苏纯刚，白香山则纯乎柔矣。

译文

诗人们的各种体式风格，在严羽的《沧浪诗话》中，罗列得最为详尽，说苏轼、黄庭坚的诗，好像子路见他的老师孔子，总有些刚强负气的样子。这话说得很让人开心，也就是我规劝蒋士铨作诗只能刚不能柔的说法。然而在李白、杜甫、韩愈、苏轼四位大诗人之中，只有李白、杜甫刚柔参半，韩愈、苏轼只有刚，而白居易则是只有柔了。

评点

袁枚赞赏严羽对苏轼、黄庭坚诗的评价："如子路见夫子，终有行行之气。"即批评苏轼、黄庭坚诗能刚不能柔。袁枚还指出蒋士铨只能刚不能柔。虽然诗有各种风格流派，但袁枚更着重的是刚柔参半，这可能是诗的最高境界了。

余爱二人之言

原文

陈去非云："杨子云好奇，惟其好奇，所以不能奇。"陆放翁云："后人不知杜诗所以妙处，但以有出处为工，其去杜也愈远。"余爱二人之言，故摘录之。

译文

陈与义说：“扬雄好奇，正因为他好奇，所以才不能奇。”陆游说：“后代人不知道杜甫的诗什么地方精妙，只以为有出处用典故的地方才好，这离杜甫诗的精妙处更远了。”我赞赏他们二人讲的这些话，所以摘录下来。

评点

西汉辞赋家扬雄，摹仿《论语》作《法言》，摹仿《周易》作《太玄》，是出于好奇之心。因为是摹仿之作，反倒没什么新奇可言了。后人强调杜甫的诗因有出处而妙，这与杜甫诗真正的价值更远了。袁枚赞同这两种看法，意在强调学诗者不要有哗众取宠之心，不要填书塞典。

北宋三位诗人

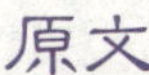

原文

支公云：“北人学问，如显处观月。”言其博而寡要，今之考据家也。“南人学问，如牖中窥日，约而能明。”今之著作家也。《世说》称：“王平北相对使人不厌，去后亦不见思。”我道是梅圣俞诗。“王夷甫太鲜明。”我道是东坡诗。“张茂先我所不解。”我道是鲁直诗。

译文

支遁说：“北方人做学问，像站在高处观看月亮。”说的是能渊博但缺少要领，正如现在的考据家。《世说》中写道：“王平北这个人看着他也不觉得他讨厌，等他走了之后也就不再去想他了。”我说这很像梅尧臣的诗。《世说》还写道：“王夷甫这个人特点太鲜明了。”我说这很像苏轼的诗。《世说》又写道：“张茂先这个人我无法理解他。”我说这很像黄庭坚的诗。

评点

梅尧臣、苏轼和黄庭坚，是北宋时有代表性的三位诗人。袁枚借用《世说》中的话，形象地说明了三人诗各自的缺点。“相对使人不厌，去后亦不见思”，意谓平庸浅易；“太鲜明”，意谓能刚不能柔；“我所不解”，意谓用力太过，意深而不能词浅。皆为切中要害之论。

不读书便是低天分

原文

人常言：某才高，可惜太狂。余道：非也。从古高才，有过颜子与孔明者乎？然而颜子则有若无，实若虚矣。孔明则勤求启诲，孜孜不倦矣。曾赠德厚庵云："不数袁羊与范汪，更从何处放真长。骥虽力好终须德，人果才高断不狂。"又有人言：某天分高，可惜不读书。某精明，可惜太刻。余又道：非也。天分果高，必知书中滋味，自然笃嗜。精明者，知其事之彻始彻终，当可而止，必不过于搜求；搜求太苦，必致自累其身。故常云：不读书，便是低天分；行刻薄，真乃大糊涂。

译文

人们常说：某人天分才气很高，只可惜太狂傲了。我说：不是这样。自古以来最有才能的人，有超过颜回与诸葛亮的吗？然而颜回却是有学问又总觉得还不够多，有才能又很虚心。诸葛亮则是经常求教又诲人不倦，总是不知道辛苦劳累。曾在赠给德厚庵的诗中写道："不数袁羊与范汪，更从何处放真长。骥虽力好终须德，人果才高断不狂。"又有人说：某人天分很高，可惜不肯读书。某人很精明，可惜对人太尖刻。我又说：不是这样。天分果然很高的人，必然知道书中的滋味，自然会努力用心去读书。精明的人，知道事情的前因后果，必然会适可而止，一定不会过分苛求；过分苛求，必然是反受其害。所以经常这样说：不肯读书的人，便是天分很低的人；对人过分尖刻的人，就是一个大糊涂人。

评点

应该说袁枚的"性灵说"是比较重视人的天分的。但他并不片面地强调人的天分，以至坠入唯心主义的泥沼。而是在重视人的天分的同时，还强调后天的学习与实践。他指出："天分果高，必知书中滋味，自然笃嗜。""不读书，便是低天分。"这些话，都是很有见地的。

诗以意为主人

原文

浦柳愚山长云："诗生于心，而成于手；然以心运手则可，以手代心则不可。今之描诗者，东拉西扯，左支右梧，都从故纸堆来，不从性情流出；是以手代心也。"吴西林处士云："诗以意为主人，以词为奴婢。若意少词多，便是主弱奴强，呼唤不动矣。"二说皆妙。

译文

书院山长浦柳愚先生说："诗是由心中生发出来，用手将它写在纸上；然而让心指挥手可以，用手代替心则不可以。如今一些描诗的人，东一笔西一笔，左一笔右一笔，从故纸堆里找典故，不是从性情中自然流露出来，这就是用手代替心作诗的方法。"吴颖芳处士说："诗意好比是主人，词句好比是奴仆，如果诗意贫乏文词过盛，就是主弱奴强，奴仆不听使唤了。"这两种说法都很好。

评点

袁枚引用浦柳愚与吴颖芳二人的话，意在强调诗应以表达性情为宗旨，性情是诗意的主要表现。而诗意在诗中是第一位，语言是为诗意服务的。不能本末倒置、意少词多。他在《续诗品》第一首中便写道："意似主人，辞如奴婢。主弱奴强，呼之不至。"便是在吴颖芳这段话的启发下而概括出来的。

因难而见巧

原文

和韵诗，有因难而见巧者。张止原居士在苏州作《白桃花》诗，第八句用“今”字韵。一时和者数十人，押“今”字无一佳者，余亦知难而退。不料刘霞裳和云：“刘郎去后情怀减，不肯红妆直到今。”余夸为独绝。使作者不姓刘，亦妙；而况其姓刘乎？使不押“今”字，恐反无此巧妙也。顾伴檠孝廉澍有句云：“化去蝶魂终带粉，重来人面竟消红。”亦妙。

译文

和别人诗韵作诗，有时候因为难度大反而使得诗句更为巧妙。张止原居士在苏州作《白桃花》诗，第八句用“今”字韵。一时间有几十个人和这首诗，押这个“今”字韵没有一个人写得好的，我也知难而退了。没想到刘霞裳的和诗写道：“刘郎去后情怀减，不肯红妆直到今。”我称赞这句诗是最绝妙了。即使作者不姓刘，也很绝妙；何况作者姓刘呢？假使不押“今”字韵，恐怕就写不出这样巧妙的诗句了。顾澍孝廉，字伴檠，有诗句写道：“化去蝶魂终带粉，重来人面竟消红。”也很好。

评点

刘霞裳《咏白桃花》：“刘郎去后情怀减，不肯红妆直到今。”用刘禹锡《游玄都观》诗的典故，在“白”字上做文章，真是奇思妙想。而顾澍的诗句“化去蝶魂终带粉，重来人面竟消红”，诗中用梁祝化蝶及崔护《题都城南庄》诗的典故，亦很妙。

女门生与女先生

原文

毛大瀛海客妻□氏，能诗，初婚时，毛赠云："他日香闺传盛事，镜台先拜女门生。"妻笑曰："要改一字。"毛问何字。曰："'门'字改'先'字方妥。"毛大笑。后寄毛家信云："出门七年，寄银八两。儿要衣穿，女要首饰。巧妇不能为无米之炊，此之谓也。至于年年被放，妾面增羞；此皆妾命不齐，累卿如此。夫复何言！"

译文

毛大瀛字海客，妻□氏，会作诗，新婚的时候，毛大瀛作诗赠她写道："他日香闺传盛事，镜台先拜女门生。"妻笑着说："须要改动一个字。"毛问是哪一个字。回答说："'门'字改为'先'字才合适。"毛大笑起来。后来毛大瀛常年在外，妻写信寄给他，信中写道："你出门在外已经七年，共寄回家八两银子。儿子要添衣服，女儿要买首饰。巧妇不能为无米之炊，说的就是这种情况。至于丈夫你年年被放在外，使我更加羞愧，这都是我命运不好，将你拖累到这种程度。还能说什么呢？"

评点

毛大瀛新婚时，听说新娘能诗，便作诗调侃，要收妻子做他的"女门生"。新娘当仁不让，将"门"字改成"先"字，要做丈夫的老师。新郎颇有些大男子主义，新娘不无男女平等的思想意识。

得古人所未有

原文

蒋于野受业师邵晴岩晓《题美人春睡图》云："几分春色上花枝，云鬟慵梳睡起迟。鹦鹉帘前空学语，梦中情事自家知。"闺情诗，古人最多，易于重复，余爱其结句七字蕴藉，得古人所未有。又，《楼中》佳句云："但得读书原是福，也能藏酒不为贫。"亦妙。

译文

蒋于野的老师邵晓(字晴岩)《题美人春睡图》诗写道："几分春色上花枝，云鬟慵梳睡起迟。鹦鹉帘前空学语，梦中情事自家知。"闺情诗，古代诗人写得最多了，很容易重复，我很喜欢这首诗第四句的七个字那么含蓄蕴藉，古代诗人没有这样写过。还有，《楼中》诗中的佳句写道："但得读书原是福，也能藏酒不为贫。"也很好。

评点

"鹦鹉帘前空学语，梦中情事自家知"，此诗句确实写得含蓄蕴藉，耐人寻味。唐代诗人朱庆余《宫词》后二句："含情欲说宫中事，鹦鹉前头不敢言。"邵晓的诗有"翻其意而用之"的意味。袁枚赞其"得古人所未有"，似嫌誉之太过。

采诗宁滥毋遗

原文

采诗如散赈也，宁滥毋遗。然其诗未刻稿者，宁失之滥；已刻稿者，不妨于遗。

译文

搜集诗文好像发放钱粮赈济灾民一样，宁可发放多了也不要有遗漏。但是对于未刻印的诗稿，宁可搜集得过多；对于已经刻印的诗稿，有所遗漏也不妨事。

评点

采诗宁滥毋遗，如有遗漏便无法补救了，特别是未曾刻印的诗稿，更应如此。此条可作为选家的一条原则。

辣语荒唐语

原文

诗不能作甘言，便作辣语、荒唐语，亦复可爱。国初阎某有句云：“杀我安知非赏鉴，因人决不是英雄。”《咏汉高》云：“能通关内风云气，不讳山东酒色名。”“英雄本不羞贫贱，歌舞何曾损帝王。”可以谓之辣矣。或《赠道士》云：“炼成云母堪炊饭，收得雷公当吏兵。”或《自述》云：“我向大罗看世界，世界不过手掌大。当时只为上升忙，不及提向瀛州卖。”可以谓之荒唐矣。

译文

作诗如写不成甜美的诗句，便写辛辣的诗句，荒诞的诗句，也都还令人喜爱。本朝初年有一位姓阎的诗人有诗句写道：“杀我安知非赏鉴，因人决不是英雄。”《咏汉高》诗写道：“能通关内风云气，不讳山东酒色名。”“英雄本不羞贫贱，歌舞何曾损帝王。”可以称得上是辛辣了。还有《赠道士》诗写道：“炼成云母堪炊饭，收得雷公当吏兵。”还有《自述》诗写道：“我向大罗看世界，世界不过手掌大。当时只为上升忙，不及提向瀛州卖。”可以称得上是荒诞。

评点

袁枚曾在诗话中写道：“凡药之登上品者，其味必不苦……凡诗之称绝调者，其词必不拗。”但他并不偏执一端，在这则诗话中又写道：“诗不能作甘语，便作辣语、荒唐语，亦复可爱。”因为辛辣、荒诞，亦可见性情，有特色，不平庸。

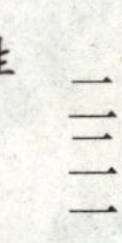

吃力而不讨好

原文

每见今人知集中诗缺某体，故晚年必补作此体，以补其数：往往吃力而不讨好。不知唐人：五言工，不必再工七言也；古体工，不必再工近体也；是以得情性之真，而成一家之盛。试观李、杜、韩、苏全集，便见大概。

译文

常常看到如今的诗人发现自己诗集中还缺少某种诗体，所以晚年时必定补写此种诗体，借以补足各种诗体的数量：这样做常常是吃力不讨好。岂不知唐代诗人：精通五言诗，便不必再去精通七言诗；精通古体诗，便不必再去精通近体诗；这样做可以使性情得到真切的表达，形成各成一家的盛况。试看李白、杜甫、韩愈、苏轼的诗文全集，便可看出大体的情形。

评点

在这则诗话中袁枚所谈及的现象，晚年必想补齐诗集中所缺少的诗体，这是不善于藏拙的做法，结果“往往吃力而不讨好”。像李白、杜甫、韩愈、苏轼这样的大家，都各有所长、各避其短，后学者何必自讨苦吃。他在《再与沈大宗伯书》中写道：“古人成名，各就其诣之所极，原不必兼众体。”这才是明智之举。